KB209405

제주도 아끈다랑쉬오름 · 사진 이경숙

당신을 알기 전에는

시 없이도 잘 지냈습니다

당신을 알기 전에는 시 없이도 잘 지냈습니다

류시화

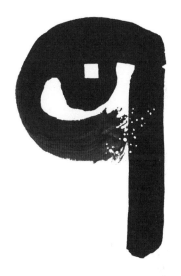

수오서재

M.WASILEWSKI

겨울 여행자는

여름 여행자보다 더

자신이 가고 있는 방향을 신뢰한다

차가운 별 아래 얼어붙은 길 걸어

어느 곳으로 나아가든

마침내는 봄에 다다를 것임을 알기에

어느 별의 가시를 밟고 걸어가든

머지않아 새벽에 이를 것임을 아는

밤의 여행자처럼

그래서 시인은

여름 여행자보다 겨울 여행자에게

낮의 여행자보다 밤의 여행자에게

시를 적어 보낸다

류시화

차례

살아 있다는 것

뭍에 잡혀 올라온 물고기가
온몸을 던져
바닥을 치듯이
그렇게 절망이 온몸으로
바닥을 친 적 있는지
그물에 걸린 새가
부리가 부러지도록
그물눈을 찢듯이
그렇게 슬픔이 온 존재의
눈금을 찢은 적은 있는지
살아 있다는 것은
그렇게 온 생애를 거는 일이다
실패해도 온몸을 내던져
실패하는 일이다
그렇게 되돌릴 겨를도 없이
두렵게 절실한 일이다

패랭이꽃 피어 있는 언덕

패랭이꽃 피어 있는 언덕에서 생각해 보면
내가 인생을 살아온 것만이 아니라
인생이 나를 살아왔다
내가 길을 만들어 나간 것만이 아니라
길이 나를 만들어 나갔다
원하는 것과 원하지 않는 것 둘 다
나의 방향을 정해 주었다
세상에서 유일하게 나를 닮은 것이 그리하여
내 인생이었다

나는 또 사람이 그리웠다
수많은 사람들 속에 살면서
나를 부르는 것이 아닌데도 일부러 돌아보며
사람을 찾아 소실점까지 헤맨 날들이었다
다른 곳으로 가면서 가야 할 곳을 알았고
절망하면서 희망의 주문 외는 법을 배웠다
너무 많이 읽어 여러 번 접힌 편지처럼
패랭이꽃 피어 있는 언덕에서

마음에 접혀 있는 것들 하나둘 떠나 보내며

떠나 보내는 법을 배웠다

당신을 알기 전에는 시 없이도 잘 지냈습니다

밤늦게까지 시를 읽었습니다

당신이 그 이유인 것 같아요

고독의 최소 단위는 혼자가 아니라

둘이라는 것을

이제야 깨닫습니다

사랑을 만난 후의 그리움에 비하면

이전의 감정들은 아무것도 아니었다는 말도

시 아니면 당신에 대해 얘기할 곳이 없어

내 안에서 당신은 은유가 되고

한 번도 밑줄 긋지 않았던 문장이 되고

불면의 행바꿈이 됩니다

당신을 알기 전에는

시 없이도 잘 지냈습니다*

당신을 알기 전에는

당신 없이도 잘 지냈습니다

* 알베르 카뮈가 시인 르네 샤르에게 보낸 편지의 한 구절

가시나무의 자서전

장미는 그 많은 가시 속에 꽃을 피우면서도
저의 가시로 저의 꽃 찌른 적 없다

탱자는 그 많은 가시 한가운데 열리면서도
저의 가시로 저의 심장 찌른 적 없다

나를 보듯 가시나무를 본다
세상을 찌르려고 했나, 나를 찌르려고 했나

가까이 가도 아프고 가까이 와도 아픈
나는 왜 가시를 키웠나

그리움의 모순어법

네가 내 곁에 왔는데도 나는 너를 기다린다

너를 기다리는 동안 내 안에서 일렁이던

그리움 잃지 않기 위해

사랑은 그리워하지 않음을 금하므로

그리움은 채워지지 않는 빈자리를 남겨 두는 것이므로

몇 생의 시간을 걸어

문을 열고 지금 네가 내 옆에 왔는데도

나는 기다린다

이미 왔지만 아직 오지 않은 너를

내 깊은 곳 어딘가에서 하염없이 오고 있는 너를

부재에 의해 더 알게 되는 존재를

그 어디쯤으로 돌아갈 수는 없을까

인생이 짓궂은 장난을 치기 전으로

아름다움이 우리를 구원하던

그 계절 어디쯤으로

너보다 먼저 비가 내리고

너보다 먼저 먼 별빛 하나가 찾아오고

나목의 가지 끝에서 꽃이 터진다

그리움이 끝나면 너는 오지 않을 것이므로

그리운 사람 더 그리워하기 위해

이미 내 곁에 온 너를 나는 기다리고

너를 기다리는 동안 다시 몇 생을 걸어

오고 있는 사람 하나

나의 사랑이 되고 싶어 하지 않는 사랑

나의 사랑이 되고 싶어 하지 않는 사랑이여

나의 마음이 되고 싶어 하지 않는 마음이여

내가 가진 것은 부서진 음표밖에 없는데

나의 노래가 되고 싶어 하지 않는 노래여

불이었다가 얼음이었다가

나의 삶이 되고 싶어 하지 않는 나의 삶이여

절반은 사랑하고 절반은 미워하며

긍정이었다가 부정이었다가

나의 꿈이 되기를 거부하는 나의 꿈

나의 것이 되고 싶어 하지 않는

나의 모든 것이여

나의 얼굴이 되고 싶어 하지 않는 나의 낯선 얼굴

나의 사랑이 되고 싶어 하지 않는 나의 서툰 사랑이여

모든 꽃은 작은 밤

모든 꽃은 작은 밤

봉오리를 열어 어둠을 내보내고

아침이 되려 하는

소리 없는 몸짓

세상의 꽃봉오리들이 품은 어둠을 다 모으면

밤의 어둠에 버금가리라

오직 색깔만이 눈 뜬 새벽

이제 알아야만 해

정말로 이 삶을 사랑하는지

한순간도 심장을 떠나지 않는 것이 무엇인지

그것을 위해 고독을 견딜 수 있는지

만약 자신이 한 줌 어둠뿐이라면

밤이 하얗게 될 때까지

그것을 불태워

별들을 향해 그 재를 흩뿌리라

그런 다음 꽃이 피는 것을 보라

희망은 가볍게 잡아야 한다

희망은 가볍게 잡아야 한다

새처럼 날아가 버릴지 몰라 힘껏 움켜쥐면

손 안에서 숨 막혀 죽는다

이제 막 날갯짓 배운 어린 새를 감싸듯이

손의 오목한 곳에 올려놓아야 한다

아니면 공중을 나는 깃털처럼

무게도 중력도 없이

머리 위에 내려앉게 해야 한다

다른 머리 위에도 날아갈 수 있도록

너무 세게 붙잡아 모서리가 부서지거나

매달리며 애원해선 안 된다

절박할수록 가만히 희망을 품는 법을 배워야 한다

희망은 숨을 쉬어야 하고

나무 위의 새처럼 스스로 노래해야 한다

바로 그렇기 때문에 희망은 가볍게 붙들어야 한다

부서지기 쉬운 껍질 안에 절망이 웅크리고 있으므로

희망이 날아갔다가 언제든 다시 날아올 수 있도록

사방의 벽을 없애야 한다

그렇게 무한히 열려 있어야 한다
내가 희망을 잃어버리는 것이 아니라
희망이 나를 잃어버리지 않도록

그렇다 해도

우리는 같은 나무에 앉은

두 마리 새

만약 당신의 노래가 옳고

나의 노래가 조금 틀리다 해도

그렇다 해도, 우리 둘 다 노래해야 한다

서로 다른 가지에서 나의 서툰 노래가

당신의 노래를 받쳐 주니까

그러니, 나를 침묵시키려고 하지 말라

당신 혼자 노래해야 한다면

결국에는 노래를 잃을 테니까

우리는 밤하늘에 빛나는

두 개의 별

만약 당신의 빛이 더 밝고

나의 빛이 더 어둡다 해도

그렇다 해도, 우리 둘 다 빛나야 한다

서로 다른 궤도에서 덜 빛나는 내가

더 빛나는 당신을 붙잡아 주니까

그러니, 나를 지우려고 하지 말라
우리 둘 다 더 밝으려고 한다면
결국에는 밤을 잃을 테니까

우리는 같은 들판에 핀
두 송이 야생화
만약 당신의 향기가 강하고
나의 향기가 약하다 해도
그렇다 해도, 우리 둘 다 꽃 피어야 한다
서로 다른 바람결로 나의 보잘것없는 향이
당신의 향을 더 멀리 가도록 밀어 주니까
그러니, 나를 꺾으려고 하지 말라
우리 둘 다 더 강하려고 한다면
결국에는 향기를 잃을 테니까

한 사람을 위한 시

세상에 대한 절망이 세상만큼 커졌을 때
내가 아는 해답들이 다시 의문으로 바뀔 때
나는 한 사람을 떠올린다
새벽에 일어나 아득히 먼 육등성 별 세는 사람
목도리도 없이
다른 쇠기러기들 위해 앞장서서 얼굴로
찬바람 가르는 쇠기러기 확인하는 사람
마음이 힘들 때 토굴 속 은둔 수행자처럼
들숨과 날숨 짚어 나가는 사람
밤새 태풍 불고 지나간 아침 부서진
꼬투리 속 씨앗 안부 묻는 사람
겨울나무 껴안고 그 나무가
안으로 준비하고 있는 꽃 손꼽아 보는 사람
우연 속 필연의 숫자 새겨 두는 사람
바다를 보면서 여러 샛강들 데리고
그 바다로 흘러온 강의 이름 기억하는 사람
밤을 존재하게 하는
잠 못 이루는 사람들 잊지 않는 사람

많은 것을 잃었지만 그럼에도

희망의 늦반딧불이 차례 기다리는 사람

어느 문장에서나

기도의 시작이 될 수 있는 단어 밑줄 긋는 사람

엉겅퀴꽃 나비 문양 상자

나 세상에 태어났을 때
두 가지 선물이 나에게 주어졌네
기쁨과 허무가
엉겅퀴꽃에 앉은
나비 문양 새겨진 상자에 담겨
어머니 반짇고리 옆에 놓여 있었네
둘 다 부서지기 쉬우니
조심해서 열어야 한다는 말과 함께

그 문양 속 나비
날개를 접었다 폈다 하며
기쁨의 비늘 가루로 허무를 색칠하고
허무의 비늘 가루로 기쁨을 물들이네

나 태어났을 때
두 가지 선물이 주어졌네
더 이상 아무것도 필요 없는 기쁨
그 무엇으로도 채울 수 없는 허무

기쁨으로써 밖으로 넓어지고
허무로써 안으로 깊어지라고
생을 마칠 때까지
심장 속에 간직하고 다니라고

흰독말풀의 노래

세상이 나를 원하지 않아
내가 나를 원하게 되었지

모두가 나의 어둠을 거부해
그 어둠의 색으로 나를 물들였지

내 삶이 내 삶인 것에 현기증이 나
입술 끝에서 하얗게 꽃을 피웠지

나의 운명이 나를 사랑하지 않아
내가 나의 운명을 사랑하게 되었지

아무도 나의 노래를 불러 주지 않아
내가 나의 노래를 부르기 시작했지

꽃을 피운 후에야 알았지
꽃을 피운 자신에 대해서는
누구에게도 미안해할 필요가 없음을

나는 아름답다 말할 수 있게 되었지

나는 얼마 안 가 사라질 것이므로

나의 나무

나에게 나무가 하나 있다
그 나무는 안으로 잎을 피운다
밤이 끝나지 않을 것처럼
폭풍이 세상의 나무들을 흔들어
아무 잎도 남지 않게 되어도
그 나무가 안으로 피운 잎은
스무 날쯤은 더 푸르다

내 안에 나무가 하나 있다
밖으로 가지를 뻗은 만큼
안으로 가지를 내어
희망의 높이에서 잎을 틔우는 나무가
자신을 흔드는 것은 바람이 아니라
자신의 춤이라는 걸 아는 나무가
때가 되어 잎이 모두 떨어진다 해도
바람을 미워하지 않는 나의 나무가

너는 이름 없이 오면 좋겠다

너는 이름 없이
나에게 오면 좋겠다

나도 이름 없이
너에게 가면 좋겠다

주어 없이
목적어도 없이

너의 이름 없음과
나의 이름 없음이 만나

나는 너의 존재를 숨 쉬고
너는 나의 존재를 숨 쉬고

그래서 세상의 모든 이름이
너이고 나였으면 좋겠다

모란 앞에서 반성할 일이 있다

슬픔이 문을 두드릴 때 너무 깊이 숨었다
기쁨마저 찾을 수 없을 만큼

절망이 뒤쫓아올 때는 더 멀리 달아났다
희망마저 따라오기를 포기할 만큼

불행을 이겨 낸 후에는 혹시나
행복마저 두려워했다

내가 욕망을 따라다니면서 언제나
욕망이 나를 따라다닌다고 한탄했다

둘만의 사랑의 둥지를 만드느라
너무 많은 꽃을 꺾었다

별을 세느라 어둠을 외면했다
어둠 없이는 별들도 빛날 수 없는 것인데도

주목받는 날들에 찬사를 보내느라
주목받지 못하는 순간들에 주목하지 않았다

내가 아픔을 돌보았다고 생각했는데
아픔이 나를 돌본 것이었다

아침을 맞이한 모든 것은, 설령 고뇌일지라도
어둠을 통과한 것이라는 사실을 잊었다

모란 앞에서 겹겹이
반성할 일이 있다

나보다 오래 살 내 옷에게

어떻게 위로의 말을 건네야 할까
나를 먼저 떠나 보내는 슬픔을 못 이겨
힘없이 늘어진 너의 두 팔과
꺾인 두 다리
아침마다 너의 빈 곳을 채워 주던
살의 온기와 뼈의 무게가
더 이상 존재하지 않음으로
감정의 습기로 눅눅해진 너의 소매며

누가 나의 돌연한 부재를 너에게
이해시킬 수 있을까
내가 다시는 너에게 돌아오지 않는다는 진실을
이제는 먼지로 돌아간 심장을 껴안듯
가슴을 가로질러 두 팔 접힌
나의 추운 계절의 벗 스웨터
내 안의 길들여지기 싫어하던 동물과
불티 같은 정신을 감싸 주던
면으로 짠 허술한 갑옷

감정이입하듯 발의 냉기를 녹일 수 없게 된 양말이며

너는 이 세계 속에 존재하고 있음에도
존재함의 의미를 잃었다
수많은 옷들이 거리를 활보하지만
너를 데리고 다닐 몸이 부재함으로
빛조차 스미지 않는 어두운 옷장 안에서
고독과 한몸이 되어야 한다
그만한 상실이 정오의 시간 어디에 또 있을까

너와 나는 똑같이 사람의 형상으로
이 별에서의 삶을 경험했다
이제 나는 너를 벗고 온전한 알몸으로
긴 외출을 떠나려 한다
얼마나 자주 너를 벗어 던지고 싶었는지
마치 그것이 이 운명을 벗는
상징이라도 되는 듯이
집착을 떼어 내는 몸짓이라도 되는 듯이

나보다 수명이 긴 나의 옷이여
새벽별이 소매 속으로 떨어지던 옷이여
한때 나를 타인과 분리해 준 너
의자 등받이에서 말없이 나를 안아 주던 너
이제 아무도 나 대신 너에게 포근하게 팔을 끼지 않으리
다정한 허리 동여맴은 앞으로 없으리

내가 너를 입고 사랑하는 사람을 만날 때의 행복과
실도 꿰지 않은 바늘로 뜯어진
감정의 솔기를 꿰매던 나를
너만은 기억하리
너를 두고 떠나는 나 역시 마음이 아프다는 걸
모르지는 않겠지
바람이 옷장 문을 열면 너도 수고로운 생 마치고
얽매임의 날실과 씨실에서 풀려나
자유롭게 날아가기를

함께, 혼자

인간은 필연적으로 혼자라고

당신은 말한다

그것이 부정할 수 없는 진실이라고

나는 고개를 끄덕이며

겨울 하늘을 손짓해 보인다

그곳에 야생 쇠오리 다섯 마리가 날고 있다

人자로 대열을 이루어

맨 앞에서 바람을 가르며 날던 새가 지치면

다른 새가 그 자리를 맡는다

우리는 함께, 혼자다

번갈아 가며

희망이 그 녹슨 빛깔 날갯짓에 있다

자면서 웃는다

엄마가 버리고 떠난 아이가
자면서 웃는다

연인에게서 결별 통보를 받은 청년이
자면서 웃는다

학교에서 따돌림당하는 소녀가
자면서 웃는다

직장에서 해고된 가장이
자면서 웃는다

다리 대신 절단된 면이 있는 노숙자가
자면서 웃는다

암 선고를 받은 여인이
자면서 웃는다

국경 넘어 도착한 나라에서 거부당한 난민이
자면서 웃는다

고향에서 멀리 떨어진 전장의 병사가
자면서 웃는다

낯선 나라로 시집 온 이국의 여성이
자면서 웃는다

단칸방에서 개와 단둘이 사는 노인이
자면서 웃는다

맡을 배역 없는 무명 배우가
자면서 웃는다

회전하는 지구 행성에 등을 대고 누워
모두가 자면서 웃는다

아프지 않은, 아픔

찔레꽃이여, 더 아프게 피어라
슬픔인 줄 모르는, 슬픔이여
아픔인 줄 모르는, 아픔이여

내가 그리워하던 그것이
나를 그리워하고 있다
내가 찾아 헤매던 진실이
나를 찾아 헤매고 있다

울대에 가시 찔려 울지 못하는 새 있다는 말 듣고
내 목울대 만져 보는 밤

꽃 피우려고 했으나 꽃 피우지 않은 꽃이여
가려고 했으나 끝내 가지 못한 길이여

망각인 줄도 모르는 망각이여
끝난 줄도 모르고 끝난 사랑이여

찔레꽃이여, 더 아프게 나를 찔러라

가시로 말고 꽃으로

나는 낙타였나 보다

나는 낙타였나 보다

세상이 사막이라고 생각하지 않았는데

입술 하얗게 갈증 심할 뿐

이따금 발 헛디딘 것이 전부였는데

여기까지 와서 신발 벗어 보니 모래 가득하다

별 밟고 다닌 줄 알았는데

눈썹에 얹힌 후회의 먼지 해를 가리고

일부러 넘어진 건지 삶이 비탈진 건지

아무래도 나는 무르팍에 옹이 박힌

낙타였나 보다

나는 담쟁이였나 보다

인생을 벽이라고 여기지 않았는데

깨달음이라든가 진리라든가

더 큰 주제 향해 촉수 뻗어 나간 줄 알았는데

이제 와 보니 간신히 벽 하나 타고 올라가

담 위로 얼굴 내밀었을 뿐

자유로이 행로 넓히며 돌아다녔다 자부했는데

겨우 연두 몇 장 내보였을 뿐
아무래도 나는 남의 어깨에 발돋움하고 살아온
담쟁이넝쿨이었나 보다

나는 복화술사의 인형이었나 보다
나만의 어법으로 사람에게 다가간다 믿었는데
가난한 말로 먹고사는 일인극 배우처럼
나의 전 생애가 단지 혼잣말은 아니었을 것인데
물음과 되물음 속에 그저 입술만 움직이며
폐에서 불어 대는 바람 소리
그리움에는 거짓이 없다는데
마냥 타인의 말투 흉내 내며 살아온 건 아닌지
아무래도 나는 갈구하는 입놀림에 불과한
복화술사의 인형이었나 보다

귀울음

언제부터인가 귓속에서

바다 소리가 들리기 시작했다

먼 곳의 바다에서 들려오는 소리가

소라 껍질 속에서 나는 파도음 같은

소금 바람 소리가

의사는 이명이라고 했다

귀울음이라고

내 호흡과 일치해서 들리는

환청 같은 것이라고

거리를 걸을 때도 들리고

언젠가 누워 있던 사막의 모래 속에서도 들렸다

두 손을 소라 껍질처럼 모아 귀에 대도 들린다

그렇게 밤마다 파도의 속울음에 나를 묻고 잠든다

내 귀는 왜 바다 소리로 우는가

내 폐는 왜 파도 소리로 외치는가

바다가 내 안에 갇혀 있는 걸까

반딧불이

당신은 나를 떠나지만

나는 나를 떠날 수 없다

―안나 스위르

너는 어떻게 그렇게

빛을 반짝이며

자유롭게

나를

떠날 수 있니

나는 아무리 해도

어둠 속에

혼자 남은

나를

두고 갈 수 없는데

노래

누구나 노래를 가지고 있지

한 번도 부르지 않은 노래를

자신도 그것이 있는지 모르는 노래를

아니, 있다는 것은 알지만

어디에 숨겼는지 잊은 노래를

그래서 찾으려 해도 잘 찾아지지 않는 노래를

하지만 불러 주기를 기다리며

태어날 때부터 그곳에 있어 온 노래를

그래서 가끔 피카소의 인물화 같은

슬픈 입 모양을 하고서

나무 위의 새를 바라보지만

새는 둥지에서부터 노래를 갈망하고 나와

노래하는 것이라지

갈망 그 자체가 노래라지

누구나 죽기 전에 한 번은 부르고 싶은 노래를

목소리 어딘가에 감추고 있지

죽기 전에 한 번은 불러야만 하는 노래를

저항

광야에 홀로 선 떡갈나무
광기 어린 눈보라에 저항하기 위해 태어나

깃대 끝에 매달린 깃발
가슴 찢는 비바람에 저항하기 위해 높이 올라

태풍 속에 온 존재로 내리꽂히는 칼새
거친 중력에 저항하기 위해 알을 깨고 나와

바다에 홀로 솟은 바위
천 개의 파도에 저항하기 위해 온몸을 부딪쳐

절벽 끝에 발돋움하고 핀 한해살이 꽃
소멸의 어둠에 저항하기 위해 씨앗을 물고 태어나

저항하기 위해 살아 있는 것, 살기 위해 저항하는 것
나는 무엇에 저항하며 여기에 있나

나의 전기 작가에게

불안한 생이 아니라 단지
불안한 날들이 몇 날 있었다고 적어 주기를
허무의 계절이 아니라 계절마다
허무한 감정이 두세 번 찾아왔을 뿐이라고
실수 많은 세월이 아니라
선택의 세월이었다고
발 헛디뎌 자주 넘어진 게 아니라
나만의 춤을 춘 것이었다고 써 주기를
우울한 시간이 아니라 다만
혼자 더듬어 나간 시간이었다고
고뇌의 날들이 아니라
희망의 불씨 뒤적인 날들이었다고
사랑이 아니라 집착이었다지만
집착이 아니라 소망이었다고 써 주기를
허약한 몸이 아니라 껴안다가 조금
부러졌을 뿐이라고
검은색 옷을 편애한 것이 아니라
마음의 격렬 감추기 위함이었다고

달처럼 이따금 혼자였을 뿐

어두웠던 것은 아니라고 적어 주기를

낭아초 꼬투리가 있는 풍경

나갈 문 만들어 놓는 것은
사랑이 아니라고
한번 핀 꽃은 피기 전으로 돌아갈 길이 없다고
그래서 사랑이 끝난 후
문 없이 갇혀 있다고

겨울바람 속
마지막까지 줄기에 매달려 흔들리는
낭아초 꼬투리
기억의 두꺼운 옷 입고
가시울타리 안에 스스로를 가둔 결벽

동박새 날아와 부리로 두드리며
이제 문 열고 나오라 재촉해도
싸라기눈 툭툭 이마를 부딪치며
분절음으로 이름 불러도

고개 저으며 끝내

나에게는 문이 없다고
나에게는 나갈 세상이 없다고
온몸 바스라질 때까지
마음 꼬투리 안에 갇혀 있는
사랑 떠난 후의 사랑

내가 말하는 기차역은 언제나 바닷가 그 기차역이지

기차를 타고 바닷가 역으로 다시 갔다

내릴 곳을 찾지 못하는 갈매기 울음소리와

해조음 사이

이별보다 먼저 떠나기 위해

그곳에 두고 온 사람

기차는 왜 하나뿐인 목소리로만 외칠까

내 발자국 소리 공허하게 울리는

폐쇄된 매표창구로 가서 나는 말했다

오래전, 이 역에서

기차와 사랑을 놓쳤어요

과거로 가는 표 한 장만 주세요

소금 바람에 녹슨 기차 앞에서

나는 더 외로워졌다

날개를 주웠다, 내 날개였다

자신의 날개를
떼어 버리는 새는 없다
날개를 땅에 끌고 다니는 새도
인간은 그렇게 한다
부리로 쪼아
자신의 날개를 떼어 내고
피 묻은 깃 위에서 잠든다
나는 것을 갈망하며

길을 걷다가 날개를 주웠다
내 날개였다

추분

1
태풍이 찢어 놓은 풍경을
지빠귀가 깁고 있다
바람에 얼굴 긁힌 별들 불가로 모이고
북두의 국자 기울어
더 많은 어둠을 쏟는다
달력에 남은 날짜 세어 보지만
오늘은 단 하루뿐

2
다른 날들보다 저녁이 일찍 찾아오고
새벽은 점점 더 늦게 온다
어제까지는 밖을 내다보았으나
오늘부터는 안을 들여다본다
빛과 어둠의 길이
잃은 것과 얻은 것 같아져서
기쁨은 굳이 슬픔을 지우지 않고
슬픔도 굳이 기쁨을 지우지 않는다

지금은 덧문을 닫고 타인의 거짓이 아니라
자신의 진실과 마주할 시간
이맘때부터 고독해지는 사람은
충분히 사랑하지 않은 것
어제까지는 밖에 있는 별자리 이름 외웠으나
오늘부터는 내 안의 불을 응시한다

3
얼굴 모르는 밤새가 나를 깨운다
지구가 태양으로부터 멀어지면서
차가운 별들이 우리 위로 기운다
바람은 물을 몰고 다니고
여름에서 겨울로 넘어가는
행성의 눈꺼풀이 떨린다
엉겅퀴꽃에게서 보라색 물감 빌릴 시간이
얼마 남지 않았다
두 다리를 아랫배에 접고서 날아가는
야생 기러기들

모두가 작별의 날갯짓을 보낸다

오늘 아침까지 내가 몰랐던 걸 말해 주려고

언젠가는 이 풍경을 보지 못하게 되리라는 두려움

언젠가는 이 풍경과 하나가 되리라는 안도감

4

저 풀벌레

울음에 목숨을 걸고

밤새 울어야만

마침내 벌레의 생과 작별할 수 있는 걸까

나흘 밤 동안 울다가 이내 고요해졌다

내 안에 오래된 울음 하나가 살고 있다

5

이름 모를 새

밤 깊은 시간인데도 혼자

나무 꼭대기에서 노래하네

어디선가 날아와 나처럼

잠 못 이루는 새

천 가지 노래 중에 너는

한 가지 노래만 부르는구나

너의 노래 무엇을 말하려는가

내 생각의 가지 끝에 앉아

한 가지 노래로 천 가지 음색을 내는

바람새

나처럼 이방인인 새

마지막 음을 토해 내고서

나무에 빈 공간을 남긴 채

그 새, 어디로 날아가는지 나는 아네

6

마가목나무 붉은 열매 사이로

사라진 줄 알았던 늦반딧불이들이

떠오르기 시작한다

아니다, 혼들의 빛이다

서툴게 사랑하다 떠나는 혼들의

마지막 춤

기운 자국 있는 새를 어깨에 얹고서

어제까지 쓰지 않았던 시를 쓰려고

다시 연필을 깎네

산 자의 기도는 단어들이 부딪쳐

불꽃이 되게 하는 것

사랑하는 법을 배우기 위해 우리는 여기 있으니

봄이 나를 여는 것이 아니라

내가 봄을 열게 되기를

늦어도 춘분까지는 그렇게 되기를

붙박이별에서 떠돌이별로

작은 손으로 가장자리를 꽉 붙잡고
두려운 호기심에 이끌려
깊고 어두운 우물 들여다보던
그 아이처럼
우물 속에서 나를 올려다보던
물에 비친 그 아이처럼
죽음에 대해서도 호기심을 잃지 않으리
영원에 비친 자신의 얼굴 서로 바라보며
깊이를 알 수 없는 그 너머의 세계로
걸어 들어가리
하지만 붙박이별에서 떠돌이별로 살아가면서
그날까지는 이 삶의 가장자리를
힘껏 붙잡으리

달팽이 시인

길을 걷다가 풀밭에서

선배 시인을 만났다

무표정한 얼굴과 예민한 눈매가 나와 많이 닮았다

나를 보고 얼른 달팽이로 변한 시인인지도

어림잡아 나보다 열 살 정도 나이가 많은

달팽이 시인

우리 둘 다 공통점이 많다

별의 먼지로 창조된 몸이지만

무엇을 위해 이곳에 있는지

최종 목적지가 어디인지 알지 못하며

자신이 만든 껍질에 싸여서 지내고

부서지기 쉽다

슬픔의 점액질에도 불구하고

살아야 할 나름의 이유가 있고

이유 없이 살아야만 하는 것까지도 닮았다

함께 걷고 싶지만

나는 할 일이 많아 먼저 간다

서로의 행운을 빌며

박수

바닷가 오래된 돌집에 살 때
겨울 새벽이면 너무 추워
손뼉을 치면서 체온을 유지하며
동쪽 창으로 해가 뜨기를 기다렸다
혼자 절망에게 박수를 쳐서
희망을 부르는 의식을 행하듯

슬픔의 무인등대에서
— 긴 편지를 보낸 독자에게

슬픔은 슬픔으로 남겨 둘 것

타인에게 빈손 내밀지 말고

슬픔 곁에 그냥 앉아 있을 것

슬픔과 함께 밥 먹고

슬픔과 함께 물 마시고

습기로 눅눅해진 이불 내어 줄 것

때로는 슬픔을 덮고 자야만 할지라도

기쁨을 구걸하지 말 것

슬픔에게 노래 불러 줄 것

목구멍 안쪽에서 길어올린 자신도 몰랐던 목소리로

처음 불러 보는 노래를

그 노래 이해하지 못하는 자

외침과 노래의 차이를 알지 못하는 자의 웃음은

집 안에 들이지 말 것

어둠 속에서 하루를 시작해 어둠 속에서 끝낸다면

단지 지금은 겨울이라는 것

그저 낮이 조금 짧은 계절일 뿐이라는 것

아무도 찾지 않는 무인등대에서

북극광을 보려고 기다리는 중이라는 것

금 간 어둠을 별자리들이 이어 붙이고 있으니

고개 들고 그 슬픔 살아 낼 것

나의 너라고 부르며 슬픔의 손 잡아 일으켜 줄 것

어느 날 그 슬픔이 기쁨의 이유가 될 때까지

시가 써지지 않을 때면

시가 써지지 않을 때면

낯선 고장에서 혼자 산 두 해 동안

불타는 밀밭과 삼나무와 소용돌이치는 구름과

고독한 얼굴을 2천 점 넘게 그린

고흐를 생각한다

자신의 심장 안으로 태양을 훔치려다 미쳐 버린 사람

정신병원의 작은 창으로 보이는

별이 빛나는 밤을

그 창 크기의 화폭에 담은 사람

우리는 별에 다다르기 위해 죽는다고 말한 사람을

불안한 예감에 기쁨이 반으로 줄어들 때면

백내장으로 시력을 잃어 가면서도

매분 매초마다 빛의 변화를 감지하며

수련과 연못을 250점이나 완성한

모네를 기억한다

빛 번짐을 막기 위해 고독한 밀짚모자 눌러 쓰고

팔레트에 가득한 초록색 물감 섞고 또 섞어

수련과 연못의 경계를 지운 사람

날마다 전에 보지 못했던 것을 발견한다고 말한 사람을

내 운명이 내 운명인 것이 무거울 때면

중력의 법칙을 어기고

자유롭게 하늘을 나는 연인을 그린

샤갈을 떠올린다

닭과 염소와 꽃다발도 따라서 날고

한 여인을 사랑해 그녀가 죽어서도 창문으로 들어와

자신의 그림을 인도하며

푸른 캔버스 위를 날아다녔다고 말한 사람

삶이 언젠가 끝나는 것이라면

사랑과 희망의 색으로 칠해야 한다고 말한 사람을

제목이 없을 수도

쇠부엉이가 머리 위에 날아와 앉을 수도 있다

소금이 필요한 순록이 나뭇가지 같은 뿔로

밤에 문을 두드릴 수도 있다

혜성이 얼음 묻은 얼굴로 뒤뜰에 떨어질 수도 있다

오월 붓꽃에게 색감이 부족해

옛 애인에게서 얻어다 줘야 할 수도 있다

시집 속 압화가 연노랑 속눈썹을 떨며

풀물 밴 시를 읽어 줄 수도 있다

손목 통증이 심해져

희망을 걸어 놓을 못 박지 못할 수도 있다

과거의 당신이 나이별로 기억 바랜 옷 입고

새의 앉음새로 문 앞에서 기다릴 수도 있다

당신이 화해의 손 내밀면

과거의 당신은 손 대신 날개를 내밀 수도 있다

천 개의 조각으로 부서진 것이 아니라

천 개의 조각이 당신을 지탱하는 것일 수도 있다

장애물이라고 생각하는 것이 또 하나의

장애물일 수도 있다

옷이 한 벌밖에 없는 하늘나리는

새벽마다 똑같은 옷으로 갈아입는 것일 수도 있다

어떤 순간이 완벽하다는 건

행복하다는 증거일 수도 있다

그리고 어떤 순간이 완벽하지 않다는 건

당신이 행복하지 않다는 것일 수도 있다

오늘이 훗날 당신이 세상을 떠난 날일 수도 있다

너무 외로워 기쁨을 너무 늦게 발견할 수도 있다

불치병처럼 너무 늦게

그럴 수도 있다

눈의 영광

얼마나 고독했을까, 자기 안에만
불 한 점 켜고 있을 때

얼마나 추웠을까, 흙의 어둠 속에서
자신이 원하는 색 모으는 동안

얼마나 그리웠을까, 어느 곳을 두드려도
출구 보이지 않을 때

너무 늦지는 않았을까
너무 이르지는 않을까

혼을 누르는 감정에 압도당하며
한 촉의 감각에 희망을 걸고

얼마나 부딪쳤을까, 마침내 흙 위로
이마 내밀기까지

얼마나 전율했을까, 자신의 계절에 무사히 도착해

수많은 꽃들 목격하면서

얼마나 눈부실까, 얼굴로 눈 녹이며

지금 여기에 피어 있는 것이

* 눈의 영광―치오노독사(눈을 뜻하는 Chion과 화려함을 뜻하는
  doxa의 합성어)로도 불리는, 눈 녹을 무렵 피는 꽃

세상의 그대들

인디언들은 세상의 모두를 그대라고 불렀다지
장애물 거슬러 오르는 연어에게도
온 생애를 걸고 피는 풀꽃에게도
가다듬지 않은 목청으로 말 걸어오는 천둥에게도
약해지지 말라며 눈보라 속을 걷는 들소에게도
새로 태어나길 잘했다고
세상에 온 첫소감을 노래하는 박새에게도
빛을 깜박이느라 아픈 기억 깜박 잊은 반딧불이에게도
우리의 여행을 지켜보는 하늘의 늑대별에게도*
사랑할 시간이 많지 않다고 중얼거리는 샛강에게도
귀엣말처럼 내리는 봄비 속을
둘 곳 없는 마음 데리고 다니는 나비에게도
지난 계절의 슬픔 정리하고
서른 개의 기쁨 켜고 있는 사과나무에게도
자신이 한 일 무를 수 없다는 걸 아는 봄에게도
우리가 하는 말 다 알아듣는 죽은 혼에게도
인디언들은 모두 그대라고 불렀다지

* 하늘의 늑대별 — 포니족 인디언은 시리우스를 '늑대별'이라 불렀다.

신이 숨겨 놓은 것

꽃의 색이 깊어지라고
밤이 꽃봉오리를 오므리듯이
절망의 끝에서
희망을 발견하거나
슬픔 언저리에서
예기치 않은 기쁨을 만나면
옷깃을 여미고
두 손 모아 절해야 한다
신이 그것을 그 자리에
숨겨 놓은 것이므로

붓꽃의 생

당신이 여행한 나라들을 이야기해 보라
귀 기울여 들어 줄 테니
도시와 항구, 태양 아래 반짝이는 지붕들
마음을 사로잡은 장소와 상점들
당신이 손 내민 사람들과
짝까지 데려와 노래 불러 준 둥근 눈의 새를
폐와 정신을 물들인 역 주변의 안개를

당신이 사 모은 기념품을 말해 보라
마땅히 살 것이 없어 손이 고른 물건들
대리석으로 깎은 코끼리 조각상과
긴 흥정 끝에 산 향료와 백단향 염주
장식장에서 잘 꺼내 보지도 않는
똑같은 인형이 계속 나오는 목각 인형을
당신의 감각, 혹은 그 일부가 될 수 있는 것들을

그리고 당신이 지나온 길을 그려 보라
일부러 출구를 찾지 못하게 만든 것 같은 골목들

꿈속처럼 당신의 혼이 방황한 거리

밤을 건너는 산양자리 따라

행성의 등줄기를 가로지르는 오래된 길과

너머의 풍경을 숨긴 굽은 길들을

걸어가면서 가야 할 곳 발견한 길들을

그리하여 지금 내 앞에 서 있는 당신이

누구인지 말해 보라

그 여정 끝에 어떤 얼굴이 되었으며

어떤 상실의 이유로 사랑을 알게 되었는지를

피부가 통증을 기억하듯이

당신의 삶에 어떤 시가 남아 있는지를

해마다 오월이면 한 장소에서 꽃을 피우는 내가

귀 기울여 들어 줄 테니

새의 화석

새는 왜 돌 속에서 날갯짓을 하고 있었을까

날개 뼈에 붙은 깃이 다 떨어져 나갈 만큼
필사적으로
어디를 향해 날고 있었을까

아직도 고개가 위로 쳐들려진 채로

아름답다
나는 피부가 뼈에 달라붙을 만큼 이토록
온 존재를 다해
날갯짓한 적 없다
반드시 날기 위해 내장까지 텅 비우고
비상의 몸부림으로
깨뜨리고 깨뜨리고 또 깨뜨린 적 없다

나는 그냥 돌 속에 갇혀
상상 속에서만 날았을 뿐

몇만 년 동안 날갯짓을 해

마침내 돌을 반으로 쪼개고

세상 밖으로 나온

새

우리가 두 개의 강이라고 당신은 말하지만

우리가 두 개의 강이라고 당신은 말하지만

몸을 섞어 함께

바다로 흘러갈 것이라 하지만

나는 당신과 내가 두 개의 강둑이라 한다

우리 두 사람 사이의 강이

길을 잃지 않도록

낮과 밤의 내밀한 속삭임이 멈추지 않도록

서로를 마주 보며 양쪽에서 지켜 주는

우리가 다만 강이라면

세상은 우리의 강둑이 되어 주지 않을 것이니

얼마 못 가 지도에서 사라질 것이니

우리는 강이면서 강둑이어야 한다

상류의 격렬함이 하류의 평온함으로 이어지기까지

슬픔이 고일 틈 없이 부지런히 흘러

기쁨이 바닥을 드러내지 않도록

강폭이 좁아져

벌거숭이 감정이 범람하지 않도록
그 대신 굽이마다 수문 열어 세상을 적시도록
두려움이 밀려와 물이 차가워지고
때로는 도중에서 얼어붙는다 해도
마침내는 바다에 다다를 것이라 믿으며

우리가 두 개의 노래라고 당신은 말하지만
완벽한 화음을 자랑할 것이라 하지만
이 세계 속에서 우리가 부르는 강의 노래가
날마다 깊어지기를
강이 마르면 두 강둑은 먼지로 변해
다시는 만날 수 없게 될 것이니
그 강이 노래하며 흘러 우리를 한 겹씩 씻어내
같은 바다에서 사라지게 할 때까지

기러기 행성에서

수백 억 은하로 가득한 우주에서

외롭지 않기 위해

달 뒷면에 탐사선을 착륙시키고

화성 표면을 뒤지고

태양계 밖 관측 가능한 암흑 속으로

수십 년 걸리는 무인 우주선을 떠나 보낸다

플레이아데스 성단의 먼 별에서라도

생명체의 희미한 흔적 발견해

우리가 혼자가 아니라는 걸 확인하기 위해,

마치 수십 억 인구 속을 홀로 여행하며

어딘가에 있는 한 사람과 연결되기 위해

마음의 신호를 보내듯이,

우주 어디쯤에 떠서 우리를 싣고

어둠 속으로 돌진하는 이 기러기 행성에서

자신이 혼자가 아니라는 걸 알기 위해

너를 바라보는 내 눈은

너를 바라보는 내 눈은
단지 빛만을 감지하던 원시 생물의
시각 세포에서 출발해
6억 년의 진화를 거쳐
비로소 너를 알아보는 눈이 되었다

너를 보면서 뛰는 내 심장은
두뇌보다 먼저 생겨나
5억 년의 박동을 거듭하면서
생명의 무게에 떨림을 더하며
하루 10만 번 뛰는 심장이 되었다

곁에 있어도 너를 그리워하는 이 마음은
내가 나라는 감각을 갖기 전부터
무형의 얼굴에서 시작해
4억 년의 시간 동안 완성된 하나밖에 없는
너의 얼굴을 향한 마음이 되었다

고향

내 할아버지의 할아버지가 언제 그곳으로 왔는지
나는 모른다
나의 탯줄과 유년 시절이 묻혀 있는 곳
어미 새가 새끼 새 가르치듯
혀끝에 한 단어씩 올려져 말문이 트인 곳
내 언어 속 부사와 형용사가,
팔을 휘젓는 걸음걸이와 나무에서 내려다보는
새를 올려다보는 표정이,
무릎에 난 자잘한 생채기와
풋슬픔이 그곳에서 시작되었다는 것만 알 뿐

낮은 담 너머로 내 이름 부르던 남자들
삶이 힘들지만 옅은 미소로 눈인사하던 여자들
너무 일찍 달아났다가 너무 일찍 아기 안고
돌아온 풋사과 같은 소녀
―누구보다 먼저 나는 그녀를 좋아했었다
어린 마음 깊이, 그녀도 나도 눈치채지 못하게―
그들이 다 어디로 갔는지 모르지만

그들의 가슴은 여전히
그곳에서 뛰고 있다는 것만 알 뿐

거미줄에 걸린 나비를 두 번이나 풀어 주었다
나비는 운명을 열었다 닫았다 하며
허공으로 날아갔다
그중 한 나비는 나처럼
반쯤 찢긴 날개를 파란색 실로 깁고
지금도 그곳 하늘을 날고 있다

작은 가방과 작은 심장에 내 전부를 넣고
어린 나이에 그곳을 떠났으나
꿈에서는 자주 그곳에 돌아가 있었다
사랑하는 사람이 생겼을 때
맨 먼저 데려간 곳
그녀가 떠나면서 마른 풀 같은 작별의 손을 흔들던 곳
신은 내게 적은 만남과 많은 헤어짐을 선물했다
작은 새도 목청껏 노래하는 법을 알던 곳

갑자기 풀들이 자라

신발을 어디에 벗어 두었는지 잊은 봄이

맨발로 걸어다니는 자리마다

색색의 꽃들이 피어나던 곳

꽃잎과 소문이 흩날리던

시간이 걸어 나올 수 없는 슬픈 내력을 지닌 골목들

삶은 나의 어머니와 아버지 그리고 첫사랑을 데려갔다

―내가 태어난 그 집에서 아버지는 돌아가셨다

감수성과 예민한 눈매를 유산으로 남긴 채―

나의 말투가 나의 고향

나의 목울대 속 노래가 나의 고향

그리움으로 접힌 옆구리 통증이 나의 고향

나는 길달리기새처럼 여행하네

날개가 퇴화해 날지 못하기에

끝없이 내달리는 새처럼

단 하나의 장소로 돌아가기 위해

모든 장소를 지나쳐 가네
언젠가 그곳으로 가면
어렸을 때 내가 알던 사람들 모두
그 모습 그대로 그곳에 살고 있겠지
그때 놀라지는 말아야지

생일 기도

어머니, 나를 다시 당신의 태내에 품어 주세요
아홉 달 동안 당신의 따뜻한 어둠 안에서
나중에 시가 될 음절과 단어들을
처음부터 다시 배우고 싶어요
날갯죽지 접고 알 속에 웅크려 노래 외우는
아직 눈을 뜨지 않은 새처럼
세상과 다시 탯줄로 연결되고 싶어요
두 손 관자놀이에 대고 무릎에 얼굴 묻은 채
운명이 또 다른 운명과 겹쳐지기 전으로
돌아가고 싶어요
문설주에 걸었던 불꽃색 부적으로
내 이마에 액막이 물감을 묻혀 주세요
줄 끊어져 바닥에 흩어지는 묵주알 같은 삶을
어머니 반짇고리에 담긴 명주실로
다시 꿰고 싶어요
내가 살았을지도 모르는 삶으로
상처 입어 가장 높이 뛰는 사슴으로*
희망을 다르게 부르고 싶어요

여러 생을 산 것 같은 얼굴로 나를 태어나게 한
어머니, 나를 다시 당신의 태내에 품어 주세요

* '상처 입은 사슴이 가장 높이 뛴다' —에밀리 디킨슨

같은 별 아래

곤줄박이야
이곳에 있으니 너는
어딘가에서 온 게 틀림없다

너는 알까
어디까지가 희망이고
어디서부터는 절망인지

어디까지가 웃음이고
어디서부터는 울음인지

어디까지가 삶이고
어디서부터는 삶이 아닌지

너는 알까
어디까지가 인간이고
어디서부터는 새인지

곤줄박이야

너는 너 자신을 떠나는 문이며

너 자신으로 돌아오는 문

이곳에 있으니 너는

어딘가로 갈 게 틀림없다

생각해 보았는가

생각해 보았는가, 백일홍이 한여름에
백 일 동안 꽃을 피우는 것은
그리움 때문이라고
낮달맞이꽃이 씨앗 속에서부터 공들여
흰색 섞은 분홍색을 준비하는 것도
태생적 그리움 때문이라고
수선화의 어린 싹이 미련 없이
구근을 찢는 것도

되지빠귀가 울대를 떨며 매번 다른 소절로
노래를 시작하는 것도
당신이 다른 별에서 이곳에 온 것도
매듭 같은 그리움 때문이라고
누구에게도 말할 수 없는 것을
말할 수 있을 것 같아
누군가를 그리워하듯이

틈

씨앗은 틈새의 대가이다

어떤 작은 틈새라도 비집고 들어가 자리 잡는다

그리고 눈치챌 수 없게 은밀히 등으로 밀어

틈을 넓힌다

돌들과 뼈

심지어 다른 풀과 나무뿌리의 틈새도 마다하지 않는다

더 잘 파고들도록 씨앗을

둥글거나 타원형으로 만드는 것은 식물의 전략

틈새가 만족스럽지 않거나 불안하면

몸을 웅크리고 끝까지 기다린다

틈새 속 어둠이 안전하다는 걸 씨앗은 본능적으로 안다

씨앗은 어둠의 대가인 것이다

바람을 타고 날아가거나 물에 떠가는 걸 보았을 것이다

틈새를 찾아 기쁘게 여행을 떠나는 씨앗들을

그리고 이내 꽃들이 밤새 차갑게 움츠렸다가 피어난다

그렇게 마음의 어두운 틈새에서 시가 탄생한다

그것은 사랑이 아니었는지도 모른다

내가 당신을 사랑한 것은 어쩌면

사랑이 아니었는지도 모른다

내가 당신을 사랑한 것은

당신을 발견한 내 눈을 사랑한 것이고

당신의 목소리를 알아듣는 내 귀를 사랑한 것이고

당신과 함께 있을 때의

나를 사랑한 것인지도 모른다 어쩌면

당신에게 다가간 내 목숨을 사랑한 것이고

당신 곁에서 웃는 나의 아픔까지 사랑한 것이고

당신의 폐에 들어갔던 공기를 숨 쉬는

나의 폐를 사랑한 것인지도 모른다

지지대가 꽃나무를 사랑하듯이

슬픔의 무게로 기쁨의 가벼움을 사랑하듯이

아무도 모르게

당신을 사랑하는 나를 사랑한 것인지도 모른다

그리고 어쩌면 그것이 사랑이었는지도 모른다

흉터에 대한 그녀의 답변

불에 가까이 갔었다
너무 가까이
그렇다고 어리석은 것은 아니었다
모두가 말렸듯이
가까이 가면 화상을 입으리라는 걸
모르지는 않았다
그 자국 오래 남으리라는 걸
흉터의 이유를 당신은 묻는다
그렇다, 세상 모든 것이 아름다울 때
나는 불에 다가갔었다
그것이 나의 사랑이었다
불행히도 사랑에 빠진 게 아니라
불행과 사랑에 빠졌었다
왜 나에게 다른 선택이 있었다고 생각하는가
이 답변에 경의를 표하기를

탱자

내가 다닌 시골 초등학교는
울타리가 탱자나무였지
향이 좋아도 시어서 먹을 순 없었지만
어긋난 가시가 더 아프게 찔렀지만

먼 시외버스 타고 당신을 데려간 날
풀물 든 줄기 사이로
대기 가득 노란 열매들이 향기를 내뿜고
젖은 넝쿨에선 휘파람새가 노래했지

전에도 이곳에 있었던 것 같다고
여기서 탱자 내음을 맡았던 것 같다고
가시 울타리 사이로 쏟아지는 빛 속에서
당신은 걸음을 멈추고 말했지

마치, 멀어지기 위해 잠깐 만난 것처럼
아무 연습 없이 만나
수없이 이별을 연습하며 우리는 헤어졌지

슬픔은 더디게 온다는 걸 알지 못한 채

그 후 당신은 결혼해서 타국으로 갔고
나도 결혼 후 인도로 갔지
당신 없이 많은 길을 걷고 많은 걸 잊었지만
어느 거리에서나 수레 가득
탱자 닮은 라임을 팔고 있었지

어떤 시간들은 얼마나
멀리서 갈 데 없이 반짝이는가
그날 탱자 열매 따 주느라 어긋난
가시에 찔린 손등에서는
아직도 선홍색 피가 번지는데

곤충의 임종을 지키다

초록 여치 한 마리, 한 시간 넘게

가느다란 다리를 떨고 있다

작은 곤충에게도

죽는 일이 사는 일보다 더 어렵다는 듯

지금까지 겪은 어떤 일도

이 일에 비하면 아무것도 아니라는 듯

이제 끝인가 하고 보면

또다시 이어지는 경련

한 치의 벌레에게도 닷 푼의 혼이 있다는데

손가락 두 마디 길이의 존재를 잃는 전율

누구의 도움도 없이

혼자서 통과해야만 하는 영역

한 생을 얻는 일보다 한 생을 내려놓는 일이

몸서리치게 벅차다는 듯,

내가 죽을 때

당신에게는 그것이 살아 있는 내 모습을 보는

마지막 순간이겠지만

내가 당신의 살아 있는 모습을 보는 마지막 순간도

그것이라는 듯,

존재하는 것과 존재하지 않는 것 둘 다 고통이니

오라, 내 차례여

나를 생각해 망설이지 말아라

이름 없는 새

오늘은 무슨 새가 날아올지
곤줄박이가 와서
가을비에 대해 강의할지
꼬리 긴 오목눈이가 와서
다가올 추위를 예언할지 몰라

그저 창문을 열어 놓고
기다릴 뿐

흰꼬리딱새가 가볍게 뛰어와
새로 태어난 기쁨을 이야기할지
개똥지빠귀가 공간을 창조하며 날아와
목적 없는 사랑을 토론할지 몰라

삶이 오늘 무슨 색 깃의 새를 보내
나의 나무에서 무슨 노래를 부르게 할지
짧은 기쁨의 노래일지
짧은 슬픔의 노래일지 몰라

그저 마음의 문 열고
기다릴 뿐

나에게는 새들마다 이름이 있지만
새들에게 나는 이름 없는 존재
누가 무슨 호의로 나를 새가 아닌
인간의 범주에 넣었을까

오늘은 이 시가 나를 찾아왔다

지빠귀의 별에서 부르는 노래

쇼팽의 야상곡이 작곡되지 않았어도

밤의 고독은 그대로일 것이다

톨스토이가 소설을 쓰지 않고 간이역 역장으로 살다 갔
어도

카프카가 첫 애인과 결혼해 제빵사가 되었어도

모든 현재 시제는 과거 시제로 바뀌고

우리는 그리움만 소유할 수 있을 것이다

음유시인이 세상에 나오지 않았어도

우리가 하는 말들은 별들 사이로 흩어지고

멀어진 사람에게 가는 길은 여전히 멀기만 할 것이다

누군가 처음으로 누에고치에서 실을 훔쳐

실개천 같은 천을 만들지 않았어도

죽은 이들의 혼을 부르기 위해 들소 가죽으로

북을 발명하지 않았어도

노을은 타박상 입은 것처럼 번지고

어떤 시는 흰 글자로 써야만 하기 때문에

어둠이 올 때를 기다릴 것이다

조개가 진주 만드는 법을 보여 주지 않았어도

죽은 조개껍질은 발가락을 찌르고

우리는 상처 입지 않기 위해 이곳에 온 게 아닐 것이다

고흐가 별이 빛나는 밤을 그리지 않았어도

큰곰별자리의 별 하나는 새벽마다 먼저 소등할 것이고

겨울바람은 장미나무의 옷을 모두 벗겨

가시투성이 알몸을 드러내게 할 것이다

다 그대로일 것이다

어제는 오늘을 마중 나왔다 돌아서 가고

내일은 오늘을 배웅 나와 떠나 보낼 것이다

그 사이에서 우리는 무엇인가를 잃은 것처럼 자꾸만 뒤
돌아볼 것이고

누군가의 영원한 행방불명을 죽음이라고 부를 것이다

세상의 구원자들

어느 곳을 가든 주머니에서 씨앗을 꺼내

한 뙈기의 땅을 꽃밭으로 만드는 정원사

진리를 찾아 새들이 낸 길 따라 먼 데까지 간 여행자

새장에 갇히는 것보다 생각 속에 갇히는 것이

더 큰 부자유임을 아는 수행자

불안은 허공에 던지고

기적이 일어날 여지를 남겨 두는 불치병 환자

부적처럼 여러 겹 접힌 희망을

마른 가슴께 품는 노동자

바람 부는 날에는 바람과 이야기하고

비 오는 날에는 비와 대화하는 농부

보물은 폐허에 묻혀 있다는 걸 아는 광부

무리를 벗어나 광야에서 홀로 노래하는 가수

달맞이꽃 얼굴에 묻은 물감 찍어

회색으로 변해 가는 달에 칠하는 화가

하루 한 번은 회전하는 세상의 중심이 되어

꽃처럼 고요히 앉아 있는 춤꾼

완두콩 꼬투리에서 연두색 기쁨 꺼내듯

생의 중간쯤에서 자신만의 진리를 줍는 철학자
신의 뜻을 완전히 이해하진 못해도 뜻밖의 것에서
표식을 발견하는 신앙인
심장의 네 개의 방을 숫자보다
감탄부호로 채우는 아이
새벽에 별들이 돌 속으로 숨고
달이 꽃 속으로 숨는 것을 지켜보는 점성가
행갈이만을 의지해 생을 살아가는 시인

얼굴

광대는 자기 얼굴에 그림을 그린다
우리도 마찬가지다
— 베르나르 뷔페

내 얼굴에게 나는 충실한 하인
얼굴은 아침부터 밤까지
자신에 대한 무조건적인 관심을 요구한다
얼굴은 알기 때문이다
자신이 나를 대표하는 거의 전부이며
나를 세상에 내보일 때 성별이나 이름보다
얼굴이 더 중요한 의미를 지닌다는 걸

눈을 뜨자마자 나는
얼굴이 필요로 하는 것을 위해 부지런히 움직인다
다른 일에 몰두하다가도 수시로
거울 앞으로 달려가 얼굴의 상태를 점검한다
마치 깊고 은밀한 사랑 같고
죽을 때까지 갈라설 수 없는 숙명 같은 것

내가 며칠이라도 자신에게 소홀히 하면

얼굴은 죄책감을 갖게 하고

나를 자기 존재에 무책임한 사람이게 만든다

얼굴 없는 나를 상상하기는 불가능하다

사람들이 나를 나로 알아보는 것은

이 얼굴을 통해서이니까

내가 나를 알아보는 것조차도

이 생에서 가장 놀라운 사건은

내가 내 얼굴을 만난 일

태어나자마자 나는 이 얼굴과 하나가 되었다

얼굴이 나를 위해 만들어진 것이 아니라

내가 얼굴을 위해 만들어진 듯한 착각을 불러일으키는

이 얼굴

내가 태어나지 않았다면

내 얼굴은 누구의 얼굴이 되어 있을까

그렇다면 그가 나일 수도 있을까

나보다 더 나인 나의 얼굴이여

나는 너의 맹목적인 추종자

너의 자존심을 지키기 위해 언제나 헌신하며

미소를 그려 눈물을 감추고

내가 아름답다고 생각하는 모습으로

너를 치장하느라 최선을 다한다

사소한 감정에도 동요하기에 배우가 아니면서도

분장이 필요한 얼굴이여

시간은 모든 것에 대해서도 그렇지만

특히 얼굴에 대해 가혹하게 군다

진실만을 말하는 거울 속에서

나날이 대칭이 허물어져 가는

내가 가장 소중히 여기는 얼굴

얼마나 모순인가, 영생을 꿈꾸는 내가

소멸할 수밖에 없는 얼굴에 자신을 걸고 있으니

죽은 다음의 일을 나는 걱정하지 않는다

나를 세상에 내려보낸 신이

세월에 상한 내 얼굴 알아보지 못할 테니

본래의 얼굴로부터 시시각각 멀어져 가는

육체이면서 영혼이기도 한 얼굴

가끔 나조차 해독할 길 없는 낯선 표정을 짓는

암호 같은 얼굴이여

네가 눈꺼풀을 닫고

다음 날 아침까지, 혹은 다음 생까지 잠들어야만

비로소 나는 너로부터 자유로워진다

사랑한다는 것

존재 속에 있는 새가
다른 존재 속 새에게 말을 거는 것

별의 흔적이 묻은 영혼이
같은 별의 흔적이 묻은 영혼에게 이끌리는 것

자주달개비에게서 빌려 온 색을
서로의 상처에 칠해 주는 것

너의 세계로 들어가는 문이
나의 세계로 들어가는 문이 되는 것

내가 묘사하는 모든 초록색을 네가 알아보는 것
네가 보는 모든 파란색을 내가 보는 것

너를 알아가면서 나를 알아가는 것
너에게 다가가면서 세상에 다가가는 것

서로의 빵과 입술에서 소금을 맛보는 것
서로의 눈물이 만든 소금을

두 사람이 사랑을 찾는 것이 아니라
사랑이 두 사람을 찾아오는 것

나의 마음

봄날처럼 다정했다가 뼈를 부수는 서리처럼 냉정하고

무한허공처럼 넓었다가 토끼굴처럼 속 좁고

그물에 걸리지 않는 바람처럼 자유롭다가 그물에 걸린
물고기처럼 부자유하고

꽃 피는 소리 들릴 만큼 고요했다가 벌집처럼 소란하고

목화솜처럼 부드러웠다가 호랑가시나무처럼 날카롭고

무슨 일에도 무심했다가 사소한 일에 감정 과잉이고

오체투지 수행자처럼 인내심 많았다가 극의 방향을 잃
은 나침반처럼 초조하고

속수무책으로 매혹되었다가 속절없이 환멸에 젖고

민들레 풀씨처럼 놓아주었다가 도깨비바늘처럼 달라붙고

살아 있는 모든 것에 가슴 뭉클했다가 반나절 만에 안
색을 바꾸고

거리의 상점처럼 열려 있다가 봉쇄수도원의 덧문처럼 닫
히고

새로 핀 분꽃처럼 희망찼다가 구겨진 포장지처럼 근심으
로 얼룩지고

시냇물처럼 재잘거리다가 무너진 흙처럼 시무룩하고

한 개의 기쁨이 천 개의 슬픔을 잊게 했다가

한 개의 슬픔이 천 개의 기쁨을 잊게 하고

반딧불이의 꼬리처럼 환했다가 반딧불이의 얼굴처럼 어

둡고

모두가 나였다가 누구나 타인이고

그래서 무조건적인 사랑이었다가 무조건적인 미움이고

그래서 더 바랄 게 없는 천국이었다가 혼자만의 지옥이고

삶의 암호를 이해한 것 같았다가 때로는 암호 그 자체인

나의 마음

여행지의 벽에 적은 시

그대가 떠나는 것은 짐이 아니라

어제까지의 그대 자신

그대가 뒤로하는 것은

발목을 붙잡는 손이 아니라

불과 얼음의 감정들

책상 속에 두고 가는 것은 일기장이 아니라

고장난 시계와 부서진 자아

서랍 뒤쪽에 구겨진 채 숨겨진 계획표

상처를 상처라고 부르기 위해

환영을 환영이라고 부르기 위해

원했던 것과 원하지 않았던 것 모두

내려놓고 떠나는 자

그대는 세상과 싸우러 가지 않는다

자기 자신과도 더 이상 싸우지 않을 것이니

가져가야 할 것만 배낭에 넣고

새벽 기차역으로 향하는 가벼운 발걸음이

그대 존재의 무거움을 받쳐 주기를

가는 곳마다 한 번도 가 본 적 없는 장소일 것이니

그곳들은 그대가 오기를 기다리고 있었으니
낯선 길에서 그대가 잡는 손들이 원을 그려
그대를 껴안아 주기를
그 원 안에서
소유하지 않고 사랑하는 법을 배우기를

오늘의 바다

내가 사는 돌집에 오면
동쪽에 난 창으로
쇠오리 떼 엉덩이 차며 날아오르는
바다를 볼 수 있을 거요
어제의 바다나
내일의 바다가 아니라
오늘의 바다를
어제의 당신이나
내일의 당신이 아니라
오늘의 당신이

달에게서 배운다

달에게서 배운다
자신을 완성하는 데
시간이 걸린다는 것을
그 속도는 눈에 보이지 않아도
낮이나 밤이나
자전하고 공전하며
단 하루도 멈춤 없이
궁극을 향해 나아간다는 것을
그리고 그 길에서 다른 존재들을 비춘다는 것을
그리고 자기 완성을 확인하기 위해
부수고 다시 시작한다는 것을
완성된 상태에 정지해 있는 일보다
더 어두운 건 없다는 것을

당신은 나를 안다고 말한다

─포에트리 슬램풍으로

내가 바다 같은 존재라고 말하면서

당신은 왜 고요하고 평온한 바다만 상상하는가

감정의 파도가 일고

불안정한 단어들이 충돌하고

현실과 비현실의 물살 가르며 극에서 극으로

혹등고래 잠행하는 바다는 내가 아닌가

마음 주었던 자리마다

따개비가 문신 같은 흉터 자국 남기고

기억의 성게 가시에 찔려 파란 피 흘리는

이 해안은 나의 해안이 아닌가

내 삶이 노래라는 걸 이해한다면서

왜 낭만적인 사랑 노래만 기대하는가

낮에도 밤에도 난해한 가사 중얼거리는

이 고장 난 심장은 내 심장이 아닌가

생나무를 찢는 듯한

내 안에 사는 외침은 노래가 아닌가

당신은 나를 안다고 말하면서

소금기 하얗게 말라 가는 바다와

강박적으로 상처를 핥고 지나가는 자책의 빙하는

왜 외면하는가

당신이 한 번도 항해한 적 없는

섬섬히 숨 가쁜 별들 가득한 이 대양은

내가 아닌가

내 안에 우주가 있다고 주장하면서

고독마저 빨아들이는 블랙홀과 감정의 폭발과

모음을 떠난 자음 같은 떠돌이별은

왜 내가 아닌가

당신이 짐작할 수도 없는 평행 우주에서 온

나는 내가 아니어야만 하는가

* 포에트리 슬램 — 행동과 몸짓으로 시를 낭송하는 퍼포먼스

꽃 명상

폭탄과 총알이 날아다니는
생사 절박한 전장의 언저리에
한 송이 고요가 있다
그곳에 꽃이 피어 있다

흥정과 소란이 일어나는
생계 절실한 시장터 언저리에도
한 송이 고요가 있다
그곳에 꽃이 피어 있다

견딜 수 없는 슬픔의 눈시울과
정신을 누르는 절망의 언저리에도
한 송이 고요가 있다
그곳에 꽃이 피어 있다

쉼 없이 회전하는 세상 언저리 어디쯤에
한 송이 고요가 있다
그곳에 꽃이 피어 있다

그 언저리를 존재의 중심으로 만들며

그 중심에 한 송이 꽃으로 앉으라

새벽, 국경에서

스무 살 때 나는 새벽을 훔쳐
달아났다
멀리, 아주 멀리
도시에서 도시로
별에서 별로
다시는 돌아오지 않으리라
다짐하면서

나, 한 번도 그 마음 바꾼 적 없으니
내가 온 곳 어디냐고 묻는다면
몸은 돌아와 이곳에 있어도
외로움은 지울 수 있으나 그리움은 지우지 못해
그때 이후 언제나 새벽인 내 심장은
새들이 날개를 얻는
국경 너머에서 뛰고 있다고

무엇이 우리를 구원하는가

빛이 사라지는 것에 분노하라
―딜런 토머스

나무가 지금까지 피운 꽃들이
그 나무의 삶을 구원한다고
사람들은 말한다
하지만 겨울나무를 보면 안다
아직 꽃 피우지 않은,
나무가 안으로 준비하고 있는 꽃들이
그 나무의 오늘을 지탱해 주고 있다는 것을
그래서 그 나무의 내일을 구원하리라는 것을
시인도 그렇다
아마도 모두가 그럴지도 모른다

자신의 날개를 믿지 않으면

꼬투리가 익어서
저절로 터지지 않으면
목화가 아니지*

벽에 살지 않으면
그래서 사람이 벽 안에서 살 수 있는 게 아니면
창이 아니지

나무가 아니라 자신의 날개를 믿지 않으면
그래서 어느 나무에나 앉을 수 있지 않으면
새가 아니지

어떤 강이든 받아들이지 않으면
그래서 자기 안에서 파도로 만들지 않으면
바다가 아니지

발끝으로 피지 않으면
그래서 자신을 끌어내리는 어둠보다 높이 서지 않으면

꽃이 아니지

만지는 손마다 화상 입지 않으면
그다음에 오는 사랑으로 금방 아물 것이면
사랑의 상처가 아니지

자신이 아닌 존재에 희망을 걸고
혼자 운 적 없으면
기도가 아니지

연필심이 부러지지 않고
행 바꿀 때마다 글줄이 삐뚤지 않으면
시를 쓴 게 아니지

* 인도 민요의 한 소절

비의 새

나무 끝에 앉아
비 내리는 날을 갈망하는
비의 새처럼
눈을 깜박이지도 않고
먼 별자리 응시하며
온 생애 동안 비를 기다리는
비의 새처럼
세상에 많은 물이 있으나
타는 갈증으로 말라 가면서도
눈길 한 번 주지 않는
비의 새처럼
세상에 많은 사람이 있으나
이유 없는 목마름 채워 줄 이 없어
영혼이 말라 가는 너는
인간의 생을 살고 있는 비의 새
그 새 날아올라 마침내
폭풍우 속으로 몸을 던지네

눈물의 말

인어의 눈물에는 물고기가 산다는 말

천사의 눈물에는 가난한 사람들의 눈물이 흐른다는 말

갓난아기의 눈물에는 전생의 아픔이 담겨 있다는 말

철학자의 눈물에는 허무의 꽃이 피어 있다는 말

천문학자의 눈물에는 백만 광년 너머에서 소멸되는 별
들의 마지막 빛이 번진다는 말

화가의 눈물에는 다 쓰지 못한 물감이 섞여 있다는 말

시인의 눈물에는 미완의 문장이 녹아 있다는 말

헤어지는 연인의 눈물에는 진실한 사랑이 깃들어 있다
는 말

야생 기러기의 눈물에는 뒤에 두고 온 다친 기러기의 날
갯짓이 어른거린다는 말

신의 눈물에는 온 세상의 슬픔이 어려 있다는 말

전생의 인연이라고 한 이가 떠난 날의 목련

목련은 꽃의 이름이면서
떠났다가 돌아온 사람의 얼굴

진실과 거짓 사이에서 불면으로
밤을 지킨 자에게만 오는 흰 새벽

한때, 너는 나의 전부였다고 말한 이의
고해성사 같은 마지막 손편지

고뇌의 시간을 뚫고 왔으나
잔가시조차 없는 순수

어떤 이유로든 볼 기회를 놓치면
열두 달이 허무해지는 기별

흉터는 희미해지지 않는다, 다만
목련의 꽃잎처럼 봄마다 얹히는 새살

너무 일찍 발밑에 떨어져 모이는 생의 기쁨

그러나 절망 위에 얹혀 사는 희망

또다시 헤어질지라도 다음 생에 다시

만나게 되기를 바라는 통증 같은 그리움

당신이라는 날씨

— 가잘풍으로

내가 알고 싶은 것은
당신이 사는 도시의 날씨

내 피부가 원하는 것은
당신의 피부에 닿는 그 고장의 햇빛

그곳의 구름, 편지 봉투에 담아 보내 주기를
그곳의 비, 내 얼굴로 맞아 보고 싶어

이마에 부딪는 싸락눈 바라보며
당신 눈썹에 내려앉는 눈의 결정체를 생각하네

나는 다른 곳으로 잘못 날아온 새
한쪽 날개와 다른 쪽 날개의 방향이 엇갈리는 새

내가 사는 곳까지 건너오는 먼 천둥소리 들으며
당신의 검은 눈 비추는 번개를 떠올리네

당신 앞으로 쓴 편지 아직도 내 주머니에 접혀 있네
'바라나시에서 나를 만나요.'

금잔화가 사원을 장식한 신들의 도시
'뒷골목 오래된 책방에서 당신을 기다릴게요.'

당신만 없는 이곳에서 내가 궁금한 것은
당신이라고 부르고 싶은 날씨이지

* 가잘—두 줄 시로 다섯 연에서 열다섯 연까지 이어지는 페르시아와
  아랍과 인도의 시 형식

물음표

우리의 눈은 사랑하는 사람을 발명하는 법을 어떻게 배웠을까?

내 눈썹을 그릴 때 신은 어디서 검은색을 얻었을까?

바다의 결정체인 소금은 왜 파란색이 아닐까?

숯은 불을 어디에 감추고 있을까?

바람은 자신을 손짓하는 나뭇잎을 어떻게 찾아갈까?

돌이 흘리는 눈물은 왜 냉정하지 않고 고단해 보일까?

무는 세상의 무엇이 보고 싶어서 흰 목을 빼고 있을까?

지빠귀처럼 사람도 자신의 얼굴을 정하고 태어날까? 그 얼굴은 어디서 고를까?

아득한 높이에서 뛰어내리는 동안 빗방울의 심장은 두려울까, 두근거릴까?

거리에서 혼잣말하는 여인은 누구와 이야기하는 걸까?

속으로 우는 울음만큼 절창이 없다는 걸 갈대 피리는 언제 알았을까?

모든 전등은 왜 약간은 떨면서 켜져 있을까? 자신이 돌아갈 어둠에 맞서기 때문일까?

내가 그리워한 첫 대상은 무엇이었을까?

금 간 사랑을 꿰매려면 얼마나 긴 인동초 꽃실 빌려야
할까?

왜 우리는 평생을 함께 지내는 자신과 행복하지 않을
까? 이보다 더 큰 형벌이 있을까?

억새는 왜 지나가는 모든 상처 입은 사람들에게 손을 내
밀까?

내일을 알려면 얼마나 많은 어제를 불러 모아야 할까?

수십 억 인구 중에 왜 둘만으로 부족함이 없는 걸까?

나는 언제부터 당신의 나이고

당신은 언제까지 나의 당신이기로 결정했을까?

누가 인간의 몸을 본떠 물음표를 만들었을까?

히말라야 싱잉볼

어떤 이가 네팔에서 가져와 선물한

히말라야 싱잉볼

노래하는 그릇이라는 뜻의

황동으로 만든 명상 도구

작은 나무봉으로 가장자리를 치거나

원을 그리면서 문지르면

태고의 소리 같은 음이,

노래라기보다는

소리의 근원 어딘가에 모여 있던 음이

귓속의 귀를 채운다 혹시

내 영혼에 중첩된 고요와 닿아서일까

듣고 있으면 소리만이 남고

듣는 자는 사라지는

노래하는 그릇

무겁거나 가벼운 영혼에게

생을 견디는 법을 일깨우는 듯

진정한 음을 내기 위해

쇠망치로 천 번 두드려 만들었다는,

그래서 모든 전생과 이생의 반향음으로 우는

그렇구나, 다름 아닌

내가 싱잉볼이었구나

나 자신이 천 번 두드린 자국 있는

황동 그릇이어서

싱잉볼이 내 심장을 닮았구나 한다

민들레 유서

국립대학교 부속병원
항암주사 맞는 친구와 동행해
암병동 올라가는 길
비탈진 풀밭에 빗금으로 꽂혀 있는
민들레들
친구가 걸음을 멈추고 몸을 숙여
그중 한 송이 꺾어 나에게 건넸다
기다란 줄기에서 흰 수액이 방울지고,
인생보다 큰 형벌은 없네
무슨 죄를 지었는지도 모르는데
너무 여러 조각으로 부서져
내 몫의 조각은 한 개도 없네,
환청이었을까
인도 노래 귓가에 들리며
죽는 날까지 남을 기다란 흉터 하나 얻은 몸으로
혼자 주사실 들어가는 뒷모습 바라보는데
탄생의 마취제와 죽음의 마취제 사이
짧은 들숨과 긴 날숨 사이

정말로 환영이었을까

바람도 불지 않는데

숨 한 번 크게 내쉬었을 뿐인데

내 손에 들린 민들레 노란 꽃잎 홀연히 지고

날개 달린 꽃씨들 하나둘 날아올라

흰 가운 입은 의사들 오가는

국립대학교 부속병원 복도를

작은 천사들처럼 떠다니는 것 보았다

새에 대한 기억

어스름 녘, 나는 보았다
동박새 한 마리
나뭇가지에 앉아 있다가
몸이 빙글 돌면서
눈밭으로 추락하는 것을
바람도 불지 않는데
날개 접고
심연으로 떨어져 내리는 것을
그것이 작년 이맘때 일이었는데 그때는
마지막 박하풀 향기롭고
붉은 열매들 매달려 있었는데
아직도 내 마음속에서
둥근 눈의 새 한 마리 추락하고 있다
아득히
아득히
신도 볼 것인가
내가 떨어지는 것을

눈 깜박거리지 않기

어느 여름밤
나보다 열 살 많은 누나와 지붕 위에서
별들을 올려다보다가
어떤 별은 왜 더 반짝이느냐고 묻자 누나는
내가 그 별에서 왔기 때문에
별이 나에게 신호를 보내는 것이라며
그 별을 볼 때
눈을 깜박거리면 안 된다고 했다
내 별이 보내는 신호를 놓치게 되니까

긴 세월 흐른 지금도
별을 바라볼 때면
어둠 속에서 독사진 박듯이
눈을 깜박거리지 않는 습관이 생겼다
내가 어느 별로 돌아가야 하는지
저 기억상실의 은하 너머로부터 오는
신호 하나를 놓치지 않기 위해

나의 언어

나의 빛이며 어둠인 나의 언어

태어나서부터 지금까지 그 어떤 것보다

내가 가장 많이 사용한 나의 언어

토막 난 실들로 한 땀씩

생을 꿰어 나가는 나의 언어

흉내지빠귀처럼 생각의 나무에 앉아

다른 사람들의 말을 흉내 내는 나의 언어

희망의 의존명사와 절망의 자립명사 사이

긍정문과 부정문 사이

부르튼 입술에서 소금처럼 떨어지는 나의 언어

낙타처럼 굽은 자신의 등에 앉아

자주 혼잣말이 되는 언어

때로는 발음인지 비명인지 구분하기 힘든 나의 언어

구겨서 길에 버린 종이에 적힌 나의 언어

청춘기에 죽음에 대해 쓰던

주인을 잘못 만난 언어

모든 문장이 유서인 나의 언어

의심의 괄호 안에 든 확신과

절망의 발음기호를 숨긴 희망찬 나의 언어
많은 얼굴들 속
혼자 있는 얼굴 같은 나의 언어
사랑을 만들고 사랑을 부수는 나의 언어
일식의 고요처럼 입술을 움직이지 않고도
많은 말을 하는 나의 언어
나 이외에는 아무에게도
의지하지 못하는 나의 언어
세상에 가닿기를 원하지만
내 안에서만 파문을 일으키는 언어
이곳에 오기 전에 잃어버린 것을 찾기 위해
이토록 많은 말을 해야만 하는 나의 언어
무슨 말을 하든 결국은 그리움의 언어인
나의 언어

가시연꽃

꽃은

꽃 핀 자신을 보여 주기 위해

꽃을 피우지 않는다

꽃 핀 자신을 보기 위해

꽃을 피운다

가시연꽃 한 송이

물 밖으로 얼굴을 내미네

세상으로 나온 자신을 보려고

두려움과 시련의 가시 많아도

꽃 피운 자신을 보려고

자신이 되기 원했던 꽃이 아닌

자신이 진실로 무슨 꽃인지 보기 위해

새에게 구원받다

눈 내리는 날
철학 모임에 참석하러 갔다가
생각에 잠겨 길을 걷고 있는데
새 한 마리
소나무 가지에 앉아 지저귀고 있었다
태어나서 처음 눈을 맞는 새처럼
회색의 대기에 파동을 얹으며
밝은 곡조로 노래하고 있었다
내 귀에는 그 지저귐이
행복하라, 행복하라 하는 주문으로 들렸다

나는 해답을 얻었다

이별 후의 안부

궁금이가 죽은 후
몇 날 며칠 눈물이 멈추지 않았다
새벽에 일어나 글 쓸 때마다
책상 밑에서 나의 맨발을 몸으로
덥혀 주던 녀석
슬프고 그리워서 숨 쉬는 것도 힘들었다
심장이 이전으로 돌아올 것 같지가 않았다
살아 있음에 대한 의지도
사랑도

어느 날 꿈에
궁금이가 나타나 너무도 생생하게
나를 향해 달려왔다
병에서 다 나은 건강한 모습이었다
그 큰 몸으로 뛰어올라 내 품에 안기는 녀석에게
"궁금아! 너 살아 있었구나!
난 네가 죽은 꿈을 꾸었어!"
그렇게 소리치다가 잠이 깼었다

나를 안심시키기 위한

궁금이의 마지막 사랑이었다

누군가에게 나도

그렇게 할 수 있기를

* 궁금이—삽살개. 2007~2015

라다크, 고개를 넘자 설산이 보였다

실패에 감긴 실을 풀어 옷 짓는

고산부족 여인처럼

내 생에 엉킨 실패마다에서

한 줄씩 시를 풀어

별똥별이 긋는 빗금 안에 적어 보네

실패가 실을 사랑하듯이

실패가 시를 사랑하듯이

지상에 등 하나 켜고

별자리들 사이에 눌러쓰는 문장이

무릎 꺾인 나귀들 따라 설산 너머로 총총히 흘러가는

지구별의 밤

이승에서 바라는 것은 다 바람이 된다고

그래서 바람이라 한다고

해발 4천 미터 돌무덤에 실을 묶어 날리는

색색의 기도 깃발에 시를 실어 보내네

산다는 것

산다는 것,
그건 머지않아 알게 된다는 것
완벽한 기쁨은 불가능하다는 것을
생의 변곡점마다에서
사람에 대한 희망이 옅어져 간다는 것
나날이 웃음이 줄어든다는 것

산다는 것,
그건 또 머지않아 알게 된다는 것
완벽한 슬픔도 불가능하다는 것을
언제나 슬픔이 들어갈 공간이
조금은 더 남아 있다는 것
세상에 대한 절망 대신
곧 사라질 것들과 작별하고
미소 지으며 다음을 맞이한다는 것

행복의 주문

오래된 주문에는 무게가 있는데

당신의 부서진 심장이

매일 마음속으로 반복하는 주문의 무게를

견뎌 낼 수 있을까

가시엉겅퀴

다른 사람이 너를 좋아하지 않는 것이 문제가 아니야
네가 너를 좋아하지 않는 것이 문제야
누군가가 너를 꺾는 것이 불행이 아니야
네가 너를 꺾는 것이 불행이야
다른 사람이 너의 가시에 찔리는 것이 아픔이 아니야
모두 너를 떠난 후 스치는 곳마다 쓰라린
네가 너의 가시에 찔리는 것이 더 아픔이야
가시풀이라며
세상이 너를 거부하는 것이 슬픔이 아니야
가시풀이라며
네가 너를 원하지 않는 것이
겹겹의 흉통이야

전염병 시대의 사랑

서로가 서로에게 다가가면

이마에 열꽃이 필까

처방전 없이 손을 잡으면 산수유처럼

봄앓이 기침을 할까

얼굴 마주하고 이야기하면 현기증이 날까

거리두기 너머로 껴안으면

죄의식을 느껴야만 할까

별을 만질 수 없는 것처럼 서로를 만지지 않으면

너는 다만 그곳에서

나는 다만 이곳에서

불멸할 수 있을까

오늘은 곁에 있지만 내일은 없을 것들, 혹은

오늘은 곁에 없지만 내일은 있을 것들 중에서

어느 것에 대해 노래해야 할까

긴 기다림 끝에 이번 생에 다시 만나

단 한 번이라도 입맞춤을 하면

금 간 악기처럼 숨이 가빠질까

같이 잠을 자면 소금 사막처럼 육체가

부서질 수도 있을까

사랑을 불태우려면

자신이 불타는 것을 견뎌야 한다는 말

노을 어디에 적어 놓았을까

언제까지나 만나지 않은 채

자신이 사랑받는다고 느껴야 할까

아니면 영원한 작별의 날이 올 때까지

사랑이 무증상으로 남아야만 할까

나의 소년

내가 나이가 더 많은데도

나의 소년, 하고 부르던 사람

전생처럼 밤이 길어도

아침기도 같던 사람

달이 달새의 어둠을 비추듯

나의 어둠에 손을 내민 사람

달맞이꽃이 달에게 말하듯

당신과 함께 있을 때의 내가 좋아, 하고 말하던 사람

사랑한다는 것은 자신의 문제를 잊는 것임을

보여 준 사람

내 안의 의문부호들 지우고

세상과 나의 연결부호가 되어 준 사람

슬픔에 대해 알지 못하던 때로 돌아가라고

나의 소년, 하고 부르던 사람

지지대가 장미나무에게 기대듯

내가 의지하던 사람

문신

누군가는 가슴에 새 발자국을 남기고

누군가는 전생 언저리까지 갔다 오는 파도를 남긴다

또 누군가는 밑바닥까지 헤집는 그리움을 남기고

또 누군가는 입술에 불의 자국을 남긴다

문밖에서 몇 생을 기다리다 떠나는 사람도 있고

바흐의 무반주 첼로 같은 선율을 남기는 사람도 있다

그 누군가는 물 없는 연못에 마른 파문을 남기고

그 누군가는 마음의 빈터에 가시나무 하나 심어 놓는다

기쁨을 훔쳐 멀리 달아나는 사람도 있고

고뇌의 기도로 남는 사람도 있다

생의 암흑 속에서 홀로 빛나는 별로 남는 사람도 있고

아스라이 멀어지는 별도 있다

모두 못자국 같은 문신으로 남는다

자주달개비의 시 ― 초고

이 자주달개비라는 이름의 시,
초고인데도 완벽하다
아무 곳에서나 엇갈려 피어도
더 보태거나 뺄 것이 없다
첫 시작부터 끝맺음까지
생에 대한 은유와 감각까지
그 자체로 완성작이자 최종본

내 삶은 수정을 거듭해도
언제나 초고
불안한 쉼표와 불완전한 마침표
뒤에 두고 온 것들과 작별하지 못하고
서툰 행바꿈에만 의지한 채
끝내 미완으로 남는

내가 숨이 안 쉬어질 때
나 대신 희망을 숨 쉬어 주는
많은 존재 중 하나

작년에도 올해도

옷이 한 벌밖에 없으면서도

옷이 여러 벌인 나보다 더

환하게 피었다

나에게 필요한 것이 그것이다

이 자주달개비라는 이름의 시인

밤의 어둠 속에서 시를 써서

아침에 보여 준다

펼칠수록 자기 내면을 드러내는 시를

다음 생이 주어진다면

너처럼 무릎 꿇고 땅에 입 맞추는 법 배우련다

신이 낸 문제의 답을 훔쳐본 것처럼*

어디서 피든 자신의 중심에서 피는

너를 닮기 위해

*릴케 시의 한 구절

세계가 그대를 고독하게 만들 때

세계가 그대를 고독하게 만들 때

두 가지 선택이 있다

그대의 주위에 작은 원을 그리고

그 안에 웅크리고 앉아

광부가 갱도를 파 내려가듯

자기가 발견한 것에 환희를 느끼며

안으로, 안으로 깊어져

그 고독의 근원에 도달하거나

그 원을 조금씩 넓혀

낮과 밤을 그 안에 넣고

비와 눈과 바람을 불러들이고

지도 위의 아직 가지 않은 길들과

새와 나무들 초대해

세계 전체를 그 원 안에 포함시킬 수도 있다

작은 원에 갇힌 또 다른 사람까지

그때 그대의 고독은

그 원 안에서 사랑이 된다

이 세상 떠나면

내가 이 세상을 떠나면
시인들이 마중 나올 것이다
그들을 나는 한눈에 알아보리라

네루다는 자신이 송시를 쓴 노란 꽃 들고 반갑게 다가올
것이고
　옥타비오 파스는 델리의 공원을 거닐 때 입었던 흰옷에
흰 참파꽃 꽂고 걸어올 것이다
　쉼보르스카는 폴란드어로 "비타이(어서 와요)!" 하고 인사
하며
　봄부터 여름까지 편애한 파란 붓꽃을 건넬 것이다

휘트먼은 손가락 사이에 풀잎을 끼우고 나타날 것이고
　슬퍼서 웃는 예후다 아미하이는 호텔 발코니에서 편지
를 쓰다 말고
　흰 산딸기꽃 꺾어 올 것이다

루미는 그토록 재회를 그리워한 샴스와 함께 이슬 젖은

장미 들고 오고

　문맹이지만 영혼의 언어 읽을 줄 알았던 금잔화 다발 손
에 든 까비르 뒤에서

　사랑의 불치병으로 고통받은 하피즈와 갈리브가

　종이꽃 같은 흰 부겐빌레아 선물할 것이다

　김수영과 윤동주와 기형도가 야생 기러기 울음으로 자
란 청보랏대 흔들고

　하이쿠 시인 바쇼와 잇사는 여행길에 꺾은 벚꽃 가지 내
밀고

　레지스탕스 시절의 복장을 한 안나 스위르는 시에 썼던
얼음꽃 들고

　저만치서 미소 지을 것이다

　에밀리 디킨슨은 기쁨과 고통은 한 가지였다고 말하며
수선화를 가져오고

　낭떠러지 같은 사랑을 한 아흐마토바와 파로흐자드는
꽃이 결혼식과 장례식을 생각나게 한다며

빈손으로 다가와 나를 껴안을 것이다

　천사들은 릴케의 시에 거주한다고 누군가 말했듯이 릴
케는 천사들과 함께 올 것이다

　나 이 세상 떠나도 외롭지 않으리

　내가 살아 있는 동안 많은 밤을 함께한 시인들이

　제목 뒤에 이름 적지 않은 수많은 무명 시인들도

　나를 맞이하러 올 테니까

　그들을 나는 첫눈에 알아보리라

　죽음이 나로부터 삶을 가져가도

　나에게서 시를 가져가지는 못할 테니까

　당신 역시 이 세상 떠나면

　그들이 마중 나올 것이다

　이 생에서 가장 많은 밤 동안

　당신을 가장 잘 이해한 영혼들이

낮달맞이꽃 피어 있는 곳까지

안데스산에 사는 케추아족은
미래를 뒤쪽이라 부르고
과거를 앞쪽이라 부른다지

미래는 볼 수 없지만
과거는 볼 수 있기 때문이라지

저 앞에서 걸어가는
수많은 나를 보네
시인이 될 줄 모르고 처음 시를 쓴 나
운명이 불안한 영혼을 건드리던 나
물집 같은 사랑이었던 나
아무리 물을 마셔도 목이 마르던 나

중고 책방들에 흩어져 있는 내 시집을 발견한
작년의 나
지구의 그림자 속을 걷던 지난겨울의 나
낯익은 것은 낯설음뿐인

언제나의 나
내일의 나를 희망한 어제의 나

수많은 내가
저만치 앞에서 걸어가네
어디로 가는지도 모르는 채
낮달맞이꽃 피어 있는 곳까지

이제는 안녕

무덤에 들어갈 때 나는
부조니가 편곡한 바흐의 샤콘느를 듣고 싶다
특히 호로비츠의 피아노 연주로
그의 연주를 듣고 나서
피아노가 위대한 악기임을 다시 알았으니
북두의 별들이 지평선으로 내려와
하나씩 건반을 두드리는 듯한

저세상에서 눈을 뜰 때는
새들의 지저귐을 들으며 깨어나고 싶다
특히 바닷가 돌집에서 아침마다 들었던 새소리를
만약 새들이 노래하지 않는 존재로 창조되었다면
세상은 아득히 적막했을 것이다
새들에게 인간 대신 매일 노래하는 능력을 준 것은
말 그대로 신의 한 수이니

또 가끔은 누군가 바람 속 내 혼에게
내 시를 소리 내어 읽어 주기를

특히 스무 살 즈음의 청년이
왜냐하면 시를 쓸 때 내 마음은 언제나
스무 살의 그때로 돌아가 있었으니까
삶을 살아 보기도 전에
살아온 날이 살아갈 날들보다
더 많다고 느꼈던 그때의 나로

내가 벗어 놓은 신발 안에는
별의 파편을 놓아 주기를
내가 온 곳과 돌아간 곳 기억하도록

나 이제 시작 노트를 덮고
불을 끈다
오로지 희망에 의지했던
절망이여, 이제는 안녕

그렇게 해

처음 보는 얼굴의 바다직박구리에게 물었지
내가 멀리뛰기에 서툴지만
이 감정의 심연 뛰어넘어도 되느냐고
내 얼굴 닮은 새가 고갯짓으로 말했지
그렇게 해

바람에 떠가는 풀흰나비에게 물었지
나에게는 손바닥만 한 날개도 없지만
이 바닥 모를 허공 뛰어내려도 되느냐고
세상 속을 날며 세상에 물들지 않는
풀흰나비가 가벼운 날갯짓으로 말했지
그렇게 해

또 물었지, 꼿꼿이 각을 세운 가시나무에게
내가 나를 할퀴는 상처와 작별하기 위해
어디로 가야 할지 모르지만 일단 가도 되느냐고
가시나무가 붉은 열매의 얼굴로 말했지
그렇게 해

이 운명을 거부해도 되는지
삶이 나를 가장자리로 밀어붙일지라도
살아지는 대로 살아도 되느냐고
수화로 물을 때마다
빗방울이 내 손가락 사이로 떨어지며 말했지
네가 틀릴 수 있다 해도
너 자신이 너에게 낯선 사람이 되기 전에
그렇게 해
그렇게 해

나는 작별이 서툴다

나는 작별이 서툴다

헤어지면서 안녕이라고 말하는 것이

바람에 잎을 떠나보내는 나무처럼

그렇게 무심히 '잘 가' 하고 말할 순 없을까

꽃의 손을 놓는 가지처럼

'봄이 되면 또 만나' 하고 기쁘게 보내 줄 순 없을까

잠시 헤어짐이 영원한 공백이 될지 몰라

작은 기척에도 놀라는 풀잎의 마음으로

얼마나 많은 마지막 말을 입속에 삼켰던가

안녕, 아름다운 세상아

안녕, 짧은 계절 동안의 나의 사랑아

잘 가라, 유서처럼 떠나는 나의 시들아

아무리 연습해도

나는 작별의 말이 서툴다

우리에게 세 편의 시가 필요한 이유

세상에 대한 절망이 세상만큼 커졌을 때
내가 아는 해답들이 다시 의문으로 바뀔 때
나는 한 사람을 떠올린다
　　　　　　—류시화, 「한 사람을 위한 시」 중에서

1.

시와 마주하려는 독자에게 사전 정보를 제공하는 것은 친절이나 배려와는 거리가 멀다. 영화를 보러 가는 친구에게 주인공이 죽는다고 귀띔하는 고약한 친구와 별반 다르지 않다. 좋은 사이라면 영화를 같이 보거나, 설령 따로 보았더라도 서로 눈을 맞추며 영화에 관한 '다른 생각'을 나누는 것이 우정이자 영화에 대한 예의일 테다.

그럴 리 없겠지만, 류시화의 시를 읽기 전에 이 해설을 읽으려는 독자가 있다면 꼭 드릴 말씀이 있다. 시를 먼저 읽고 이 '덧글'은 나중에 읽으시라는 것이다. 아니 안 읽으셔도 좋다. 이 글은 이 시집에 관한 여러 시각 중 하나일 뿐이다. 시에 관한 유일한 관점은 있을 수 없다. 좋은 시의 조건 중 하나가 모든 독자에게 열려 있어야 한다는 것이다.

독자에 따라, 독자마다 다르게 음미하는 시, 또 같은 독자라 해도 때와 장소에 따라 매번 새롭게 읽히는 시가 좋은 시다.

나는 '우리에겐 세 편의 시가 필요하다'는 이야기를 펼쳐 보려 한다. 왜 굳이 세 편인가, 그 세 편은 어떤 시인가. 좋은 삶을 위해 늘 가까이해야 하는 시는 다음과 같다. '지금 여기의 나를 위한 시', '사랑하는 이에게 들려주고 싶은 시', '세상 사람들과 함께 읽고 싶은 시'. 그렇다. 우리가 홀로 존재할 수 있다면 시는 필요 없을 것이다. 탄생에서 죽음에 이르기까지 우리는 타자와의 관계 속에서 살아간다. 우리는 관계의 산물이자 과정이며, 관계의 주체이자 객체다.

'모든 진정한 시인은 심오한 생태론자'(김종철)라는 통찰이 있다. 이를 '모든 진정한 시인은 심오한 관계론자'라고 바꾸면 이 시집에 접근하는 하나의 길을 마련할 수 있을 것이다. '나'를 깊이 성찰한다는 것은 '너'를 인정하고 이해한다는 것이고 '너'에게 다가가는 것은 곧 세상에게 다가가는 것이다. 결론을 먼저 말하자면, 우리를 온전한 삶에 이르게 하는 세 편의 시는 결국 한 편의 시다. 그동안 깨닫지 못한 '나의 관계'를 (재)발견하게 하는 시!

2.

'좋은 삶을 위한 세 편의 시'를 제안하게 된 계기가 있다. 헨리 데이비드 소로의 오두막에 있던 세 개의 의자에 관한

글(셰리 터클, 『대화를 잃어버린 사람들』)을 접하고 좋은 시의 기준을 새로 세웠다. 소로는 19세기 중반, 월든 호숫가에 손수 집을 짓고 2년 남짓 주체적이고 자율적인 삶을 추구했다. 지성과 감성 그리고 영성이 조화를 이루는, 단순하되 의미 있는 삶이 가능하다는 사실을 증명했다. 소로의 대표작 『월든』에 이런 대목이 나온다.

"나의 조그만 집에는 의자가 세 개 있다. 하나는 고독을 즐기기 위한 것이고, 다른 하나는 친구를 위한 것이며, 마지막 하나는 교제를 위한 것이다."

소로의 의자는 의미심장한 은유이다. 소로가 자신의 홀로 있음을 위해 사용하는 한 개의 의자를 나는 자기성찰을 위한 의자라고 이해한다. 고독이 외부 세계와 단절된 어떤 상태라면 자기성찰은 그 고독의 내밀한 활동을 의미한다. 진정한 고독은 자기 자신과의 깊은 대화이다. 하지만 자기 자신과 대면하기란 말처럼 쉬운 일이 아니다. '나'와 '내 안의 나'와의 만남을 가로막는 장애물이 얼마나 많은가. '나'를 위축시키는 타인의 시선만이 아니다. 디지털 단말기를 통해 쏟아져 들어오는 정보와 이미지가 우리의 주의를 내면으로 향하지 못하게 만든다. 우리 대부분은 디지털 콘텐츠의 홍수에서 헤어나지 못한 채, 아니, 그런 사실을 알아차리지조차 못한 채, 알고리즘과 도파민에 이끌리며 자기 자신으로 돌아가는 길을 잃어버린다.

소로는 친구가 찾아오면 의자 하나를 더 내놓았다. 그렇다. '나를 위한 의자'(자발적 고독)에 이어 우리에게 반드시 필요한 것이 우애(타인과의 관계)이다. 자기성찰을 통해 '나'와 '내 안의 나'와의 관계를 새로이 하는 것 못지않게 벗과의 관계를 세우는 것 또한 중요하다. 친구가 없는 사람은 정말 강하거나 아니면 진짜 외로운 사람이다. 홀로서기와 '함께 서기'가 서로 균형을 이루는 삶처럼 건강하고 아름다운 삶이 또 있으랴. 그런데 우리가 유의해야 할 점이 있다. 우애의 대상이 넓어져야 한다는 것이다. '나'는 '너', 즉 벗하고만 살아가는 것이 아니다. '나와 너'의 관계는 벗을 넘어 세상 전체와 비인간 존재로 확대되어야 한다. 새와 나무를 비롯한 뭇 생명과 연결되지 않으면 우리는 일상적 삶을 영위할 수 없다.

소로는 손님이 찾아오면 의자 세 개를 다 내놓았다. 이때 '셋'은 전부를 뜻한다. 소로는 자신의 오두막을 개방해 나그네나 이방인 같은 낯선 사람을 맞이했다. 고독과 우애 못지않게 지금 우리에게 절실한 것이 세상을 환대하는 능력이다. 다른 피부, 다른 언어, 다른 생각을 가진 사람을 반기지 않는다면 우리는 폐쇄회로에서 벗어나지 못하고 결국 소멸한다. 우리는 다른 사람과 만나면서 인식과 경험의 지평을 넓히고 기존 삶의 방식에 풍요로움을 더한다.

류시화 시인이 자신의 산문집 『내가 생각한 인생이 아니야』에서 밝혔듯이 "인생의 가장 큰 선물은 다른 인생"이다. 그렇다. '다른 인생'이 많은 인생이 좋은 인생이다. 시도 마찬가지다. 시를 사랑하는 독자에게 가장 큰 선물은 '다른 시'이다. 이번 시집에서 우리는 선물과 같은 시, 즉 '내가 애정하던 시와 다른 시'를 만날 수 있을 것이다.

3.

자기성찰은 자기 자신을 만나는 일이다. 하지만 이 만남은 단순한 재회가 아니다. 한 철학자가 "건강을 회복하는 것은 이전 상태로 복귀하는 것이 아니고 새로운 삶의 질서를 만드는 것"(조르주 캉길렘)이라고 말했듯이, 진정한 자기성찰은 과거로 돌아가는 것이 아니라 새로운 미래를 설계하는 것이다. 이제 류시화의 시와 더불어 '나 자신을 위한 의자'를 마련해 보자. 이전과 다른 '나'를 향해 '나의 내면'으로 들어가 보자.

장미는 그 많은 가시 속에 꽃을 피우면서도
저의 가시로 저의 꽃 찌른 적 없다

탱자는 그 많은 가시 한가운데 열리면서도
저의 가시로 저의 심장 찌른 적 없다

나를 보듯 가시나무를 본다
세상을 찌르려고 했나, 나를 찌르려고 했나

가까이 가도 아프고 가까이 와도 아픈

나는 왜 가시를 키웠나

—「가시나무의 자서전」 전문

    시인은 장미와 탱자나무의 가시가 자기 자신을 찌르지 않는다는 사실을 환기시킨다. 그런 다음 '그런데 나는?'이 라고 자문한다. "나는 왜 가시를 키웠나", "세상을 찌르려 고 했나, 나를 찌르려고 했나". 이 질문은 우리를 향한다. 우리의 가시는 무엇이고 어디에 있는가. 그 가시는 왜 생겨 났고 어디를 향하고 있는가. 이런 질문이 생겨나고 스스로 답을 구하기 위해 자기 자신을 들여다보기 시작했다면 이 미 자신의 시를 쓰기 시작한 것이다.

    나는 독자로 하여금 시를 이어 쓰게 하는 시가 좋은 시 라고 생각한다. 그런 시는 독자를 시인으로 거듭나게 한다. 류시화의 시의 애독자라면 아시겠지만, 그의 시는 읽는 이 에게 시를 이어 쓰도록 권유해 왔다. 독자 자신의 의자를 마련하도록.

    류시화 시의 자기성찰은 범위가 넓고 깊다. 그렇다는 것 은, 우리의 감정과 자의식 그리고 기억과 기대의 영역이 그 만큼 넓고 깊다는 뜻이다. 자신과 마주하는 시적 자아의 육성이 다채로운 것도 그 때문이다. 시인은 모란 앞에서 슬 픔과 기쁨, 불행과 행복, 욕망과 상처 사이에서 두려워하고 낙담하던 자신을 돌아보는가 하면(「모란 앞에서 반성할 일이

있다」), 어린아이의 눈으로 곤충을 바라보며 자신의 한계를
토로하기도 하고(「반딧불이」), 서로 일치하지 못하는 '내 안
의 여러 마음'을 나란히 놓고 탄식하기도 한다(「나의 사랑이
되고 싶어 하지 않는 사랑」). 「나는 낙타였나 보다」, 「나의 마
음」, 「흰독말풀의 노래」와 같은 시에서도 '자화상'은 다양
하게 그려지는데, 이때 시인의 내면은 깨진 거울처럼 조각
나 있는 경우가 적지 않다.

하지만 '나'는 자기 자신을 '있는 그대로' 받아들이면서
분열된 자아를 하나로 통합해 낸다. "세상에서 유일하게
나를 닮은 것이 그리하여 내 인생"이라는 사실을 자각한
덕분에 "다른 곳으로 가면서 가야 할 곳을 알았고 절망하
면서 희망의 주문 외는 법"(「패랭이꽃 피어 있는 언덕」)을 터
득한다. 이제 '나'는 더 이상 이전의 '나'가 아니다.

그런데 '있는 그대로' 보기는 말처럼 쉬운 일이 아니다.
그리고 '있는 그대로 본 것'을 글로 옮기는 것은 또 다른
차원이다. 관찰이 성찰로, 성찰이 통찰의 경지로 올라갈
때 '있는 그대로 본 것'을 표현할 수 있다. 달리 말하면 '있
는 그대로 보기'는 모두에게 노출되어 있는데도 잘 보지
못하는 것을 보는 능력이다. 「꽃 명상」을 읽어보자.

　　폭탄과 총알이 날아다니는
　　생사 절박한 전장의 언저리에
　　한 송이 고요가 있다

그곳에 꽃이 피어 있다

흥정과 소란이 일어나는
생계 절실한 시장터 언저리에도
한 송이 고요가 있다
그곳에 꽃이 피어 있다

견딜 수 없는 슬픔의 눈시울과
정신을 누리는 절망의 언저리에도
한 송이 고요가 있다
그곳에 꽃이 피어 있다

쉼 없이 회전하는 세상 언저리 어디쯤에
한 송이 고요가 있다
그곳에 꽃이 피어 있다
그 언저리를 존재의 중심으로 만들며

그 중심에 한 송이 꽃으로 앉으라
―「꽃 명상」 전문

　시인은 생사의 갈림길이 교차하는 전쟁터 언저리에 있
는, 아무도 주목하지 않는(못하는) "한 송이 고요"와 "꽃"을
발견한다. 하지만 거기서 그치지 않고 "그 언저리를 존재의

중심으로 만들며 그 중심에 한 송이 꽃으로 앉으라"고 권유한다. 진정한 통찰은 분석 차원에 머물지 않는다. 이전과 다른 '나', 이전과 다른 세상을 위한 실천을 촉구한다.

이번 시집에서 '나'를 다시 만나게 하는 매개물, 즉 거울 역할을 하는 상징은 다양하기 그지없다. 새와 꽃을 비롯해 나무, 벌레, 별, 심장, 낙타, 물고기, 달팽이, 선물, 계절, 색깔, 옷, 얼굴… 그리고 시(쓰기)와 기도와 노래, 그리고 먼저 세상을 떠난 화가와 시인들이 시 안으로 초대되어 새로운 세계를 세운다. 이 가운데 내가 '나를 위한 의자'와 연관 지어 주목하는 상징은 '얼굴'이다.

이 생에서 가장 놀라운 사건은
내가 내 얼굴을 만난 일
태어나자마자 나는 이 얼굴과 하나가 되었다
얼굴이 나를 위해 만들어진 것이 아니라
내가 얼굴을 위해 만들어진 듯한 착각을 불러일으키는
이 얼굴

내가 태어나지 않았다면
내 얼굴은 누구의 얼굴이 되어 있을까
그렇다면 그가 나일 수도 있을까
나보다 더 나인 나의 얼굴이여
나는 너의 맹목적인 추종자

너의 자존심을 지키기 위해 언제나 헌신하며

미소를 그려 눈물을 감추고

내가 아름답다고 생각하는 모습으로

너를 치장하느라 최선을 다한다

　　　　　　　　　　　　　　　　　－「얼굴」부분

'나'는 얼굴이다. 얼굴은 '나'의 유일무이한 존재 증명이다. 똑같은 얼굴은 없기 때문이다. 얼굴은 몸의 가장 높은 곳에 자리 잡고 있다. 그만큼 중요한 역할을 수행한다. 외부 세계를 인지하고 숨을 쉬며 음식을 섭취하고 말을 한다. 수십 개의 근육을 섬세하게 움직여 표정을 짓거니와, 표정은 때로 입으로 하는 말보다 더 많은 말을 한다. 그런데 얼굴은 자기 자신이 아니라 전적으로 타인을 향해, 외부를 향해 '있다'. 거울의 도움을 빌리지 않는다면 우리는 우리의 얼굴을 직접 볼 수 없다. 지독한 아이러니다. 우리가 타인 지향적(관계적) 존재일 수밖에 없는 진화론적 근거가 우리의 얼굴에 있는 것이다.

"얼굴이 나를 위해 만들어진 것이 아니라/ 내가 얼굴을 위해 만들어진 듯한 착각을 불러일으키는/ 이 얼굴" 그렇다. 얼굴은 내 존재와 정체성의 집이자 내 마음의 발신지이며 타인의 시선이 머무는 곳이다. 그래서 때로 얼굴은 "나보다 더 나인 나"이고 그래서 "나는 너[얼굴]의 맹목적 추종자"가 된다.

자기성찰이 자기 발견으로 이어지지 않는다면 그것은 성찰이 아니다. 후회나 낙담 혹은 자책의 수준에서 벗어나지 못한 것이다. 시의 화자는 관찰에서 성찰을 거쳐 이윽고 얼굴, 말 그대로 자신의 진면목과 마주한다. 자신의 얼굴이 "육체이면서 영혼이기도" 하다는 사실을 '있는 그대로' 받아들이면서 "이 생에서 가장 놀라운 사건은/ 내가 내 얼굴을 만난 일"이라고 자각하기에 이른다. 이 같은 깨달음은 "본래의 얼굴로부터 시시각각 멀어져 가는" 얼굴을 받아들이는 차원으로 이어진다. '나'로 하여금 '다른 나'를 만나게 하는 시. 이런 시가 '나를 위한 시'이다.

4.

'사랑하는 이에게 들려주고 싶은 시'를 만나볼 차례다. 고백하건대 나는 "당신을 알기 전에는 시 없이도 잘 지냈습니다"라는 문장 앞에서 꼼짝을 못했다. 고압 전류에 감전된 것 같았다. 한동안 다른 시가 눈에 들어오지 않았다. 그렇다. 우리에게는 이전과 이후를 가르는 사건이 있다. 문제는 우리를 다시 태어나게 하는 '당신'이 수시로 찾아오는데도 알아채지 못할 때가 많다는 것이다. 이때 '당신'은 연인이나 벗일 수도 있고 절대자일 수도 있으며, 갑작스럽게 닥친 병마나 불행일 수도 있다. 그가 누구고 또 무엇이건, 우리에게는 일상적 삶에 결정적 변화를 가져오는 '사건과 같은 당신'이 있다.

밤늦게까지 시를 읽었습니다

당신이 그 이유인 것 같아요

고독의 최소 단위는 혼자가 아니라

둘이라는 것을

이제야 깨닫습니다

사랑을 만난 후의 그리움에 비하면

이전의 감정들은 아무것도 아니었다는 말도

시 아니면 당신에 대해 얘기할 곳이 없어

내 안에서 당신은 은유가 되고

한 번도 밑줄 긋지 않았던 문장이 되고

불면의 행바꿈이 됩니다

당신을 알기 전에는

시 없이도 잘 지냈습니다

당신을 알기 전에는

당신 없이도 잘 지냈습니다

　　　　－「당신을 알기 전에는 시 없이도 잘 지냈습니다」 전문

　'당신'이 '나'를 이전과 이후로 갈라놓는다면, 당신과 함께 나타난 시는 어떤 시인가. 「당신을 알기 전에는…」에 그 실마리가 있다. "고독의 최소 단위는 혼자가 아니라/ 둘이라는 것을/ 이제야 깨닫습니다". 고독이 '혼자'만의 시간이 아니라 언제나 '나와 너' 둘이 함께하는 고양된 상태라니,

이 얼마나 놀라운 발견인가. 나는 이 자각이야말로 앞에서 말한 '심오한 관계론'의 증거라고 생각한다. 시처럼 다가온 '당신', 아니 당신처럼 다가온 '시'는 나의 고독 안에서 하나가 되어 둘의 관계를 새로운 차원으로 들어올린다. '당신' 없이는 이제 잘 살아가기가 불가능해지는 것이다. 이것이 사건이 아니라면 무엇이 사건일 것인가. 이제 시는 고백을 넘어 기도에 가까워진다. '당신'이 크고 넓어지고, 높고 깊어지면서 더욱 간절해지는 것이다.

류시화 시는 기도문에 가깝다. 담백해서 깊이 있고 진솔해서 간절한 낮은 목소리가 들려온다. 고개 들어 하늘을 우러르거나 무릎 꿇고 땅을 내려다보는 몸짓이 그려진다. 지평선을 향해 걷는 도보 고행승의 모습이 떠오를 때는 얼마나 많은가. 모든 기도가 시가 될 수는 없지만 모든 좋은 시는 기도이다. 좋은 기도의 요건이 곧 좋은 시의 요건이다.

좋은 기도의 또 다른 공통점은 그 대상이 자기 자신이 아니라 다른 사람이라는 것이다. "당신을 알기 전에는/ 시 없이도 잘 지냈습니다"라는 고백은, 같은 시에서 "당신을 알기 전에는/ 당신 없이도 잘 지냈습니다"라는 발언으로 변주된다. 그렇다면 진정한 시(기도)의 대상은 언제나 '당신' 이어야 마땅하다. 이쯤에서 '소로의 의자'를 불러온다면, 내 앞에 앉아 있는 벗, 즉 순수한 우애를 가능하게 하는 상대는 '나'로 하여 시와 더불어 살도록 한 '당신'이다. 우애의 영토에서 '나'는 '당신'과 함께 '우리'로 거듭나고, '우리'는 다시 이전과 다른 '나'와 '당신'으로 태어난다. 이것이 우애가 도달할 수 있는 가장 높은 경지다.

'당신과의 만남'이라는 사건이 갖는 의미가 바로 그것이다. 만남 이전의 '나'와 만남 이후의 '나'가 달라지는 것. '나'가 이렇게 질적 변화를 이뤘다면, '당신'도 이전의 당신이 아닐 것이다. 이와 같은 만남과 이별이라면 당사자들 사이에 영원한 기억으로 살아 있지 않겠는가. 진정한 우애에는 종말(망각)이 없다. 각자 새로운 삶을 살아낼 것이기 때문이다.

5.

고독, 즉 자기성찰의 최소 단위는 혼자가 아니고 "둘"이라는 류시화 시인의 발견은 진리에 가깝다. '나'는 언제나 '나와 나, 나와 너'라는 상호 연결 형태로 실존한다. 류시화의 시는 이제 '단둘'의 세계에서 '둘'이 소속되어 있는 세상으로 나아간다. "둘만의 사랑의 둥지를 만드느라/ 너무 많은 꽃을 꺾었"음을 돌이키면서, 또 "주목받는 날들에 찬사를 보내느라/ 주목받지 못하는 순간들에 주목하지 않았"음을 반성하면서, 나아가 "설령 고뇌일지라도/ 어둠을 통과한 것"이라는 사실을 받아들인다(「모란 앞에서 반성할 일이 있다」).

이제 '세상과 함께 읽고 싶은 시'를 만나보자. 이 시들은 소로의 세 의자, 즉 환대의 나라를 위한 시라고 이해해도 좋다. 우리에게 세상 사람은 모두 낯선 사람들이 아닌가.

> 얼마나 고독했을까, 자기 안에만
> 불 한 점 켜고 있을 때
>
> 얼마나 추웠을까, 흙의 어둠 속에서
> 자신이 원하는 색 모으는 동안
>
> 얼마나 그리웠을까, 어느 곳을 두드려도
> 출구 보이지 않을 때
>
> 너무 늦지는 않았을까
> 너무 이르지는 않았을까
> ─「눈의 영광」부분

　우리가 회복해야만 할 능력은 신비에 대한 감각과 경이로움에 대한 감수성이다. 시「눈의 영광」은 차가운 흙 속에서 겨울을 나고, 눈 녹을 무렵 피어나는 꽃의 고통을 상상하면서 마침내 "자신의 계절에 무사히 도착해" 다른 꽃들과 함께 눈부신 새봄의 주역이 되는 과정을 마치 엎드려 지켜보듯이 서술한다. 이 꽃이 대담한 까닭은 외부의 도움(햇볕)을 받지 않고 오직 자기 체온으로("얼굴로") 눈을 녹여 꽃을 피워 내기 때문이다. 봄이 오기 전에 스스로 봄을 만들어 내는 꽃, 고독 속에서 "자기 안에만/ 불 한 점 켜고 있을" 꽃. 시인과 가장 닮아 있는 꽃이 이 꽃일 것이다.

그런데 실뿌리가 흙 속에서 영양분을 빨아들인다고 하지 않고 "원하는 색"을 "모으는" 과정이라고 에둘러 표현한다. 얼마나 놀라운가. 한겨울 캄캄한 땅속에서 "색"을 모은다는 것은 실뿌리가 이미 봄을 살고 있다는 증거가 아니겠는가. 감수성에는 강도强度가 있다. 공감이나 연민은 약한 단계이고 의인화는 이보다 강하다. 그중에서 가장 강한 감수성이 감정이입이다. 공감하거나 의인화하는 자아는 '피부 안에 갇힌 자아'다. '나'는 움직이지 않고 대상을 '나의 피부' 안으로 불러들인다. 하지만 감정이입은 '피부 밖으로 나아가는 자아'(리처드 세넷)이다. 자아가 '나'의 밖으로 나가 대상 안으로 들어갔다가 다시 자기에게 돌아오는 것이다. 이때 다시 돌아온 '나'는 이전의 '나'가 아닌 '다른 나'여야 진정한 감정이입이라고 할 수 있다. 우리는 류시화의 여러 시편에서 강한 감수성(상상력)의 진면목을 확인할 수 있다.

신비와 경이에 대한 감각과 강한 감수성의 대상이 매번 자연일 까닭은 없다. 우리는 천지자연뿐 아니라 공장에서 나온 제품들과 함께 살아가기 때문이다. 그런데도 우리의 시는 일상 용품을 외면하거나 무시하는 경우가 빈번하다. 이번 시집에서 내가 특히 주목한 시 중 하나가 「나보다 오래 살 내 옷에게」이다. 나는 이 시에서처럼 '옷'에게 정당한 인격과 육체성을 부여한 시를 많이 접해 보지 못했다.

　　누가 나의 돌연한 부재를 너에게

　　이해시킬 수 있을까

　　내가 다시는 너에게로 돌아오지 않는다는 진실을

　　이제는 먼지로 돌아간 심장을 껴안듯

　　가슴을 가로질러 두 팔 접힌

　　나의 추운 계절의 벗 스웨터

　　내 안의 길들여지기 싫어하던 동물과

　　불티 같은 정신을 감싸 주던

　　면으로 짠 허술한 갑옷

　　감정이입하듯 발의 냉기를 녹여 줄 수 없게 된 양말이며

　　너는 이 세계 속에 존재하고 있음에도

　　존재함의 의미를 잃었다

　　수많은 옷들이 거리를 활보하지만

　　너를 데리고 다닐 몸이 부재함으로

　　빛조차 스미지 않는 어두운 옷장 안에서

　　고독과 한몸이 되어야 한다

　　그만한 상실이 정오의 시간 어디에 또 있을까

　　　─「나보다 오래 살 내 옷에게」 부분

이 시에서 '옷'은 '나'와 동격이다. '나'는 곧 '나'를 잃게

될 '옷'을 어떻게 위로해야 할지 몰라 난감해한다. "힘없이 늘어진 너의 두 팔과/ 꺾인 두 다리"는 몸('나')을 잃어버린 옷의 또 다른 실존이다. 몸이 부재해도 옷은 저런 모습으로 존재한다. "너[옷]를 데리고 다닐 몸이 부재"하는 상황, 즉 몸이 더 이상 그 옷을 입지 않거나, 몸이 이승을 떠나게 될 때를 상상하면서 '나'는 옷과의 이별을 예비한다. 이별하기 전의 이별, 죽기 전의 장례, 죽음 이전의 애도이다.

이 시가 각별한 또 다른 이유는, 이 시를 계기로 우리 시의 지평이 크게 확장되었다고 판단되기 때문이다. 다들 아시겠지만 우리 시의 '국경 초소'는 삼엄해서 아무에게나 입국 허가를 내주지 않는다. 어감이 나쁘거나 이미지가 좋지 않은 소재(대상)는 시의 나라에 들어가지 못한다. 예컨대 연어나 모란은 시의 나라 시민권이 있지만 빠가사리나 며느리밑씻개는 시의 국경을 통과하기가 어렵다.

우리에겐 자기 몸으로 눈을 녹이며 새순을 밀어 올리는 생명력에 대한 경이(「눈의 영광」)도 절실하지만, 너무 흔해서 교감의 대상조차 되지 않는 옷을 감정이입의 대상으로 승격시키는 상상력 또한 긴급하다. 뿐이랴, 세상은 불의와 불합리를 앞세우면서 우리의 꿈과 희망을 저버리곤 한다. 이때 우리의 살아 있음, 즉 깨어 있음을 증거하는 것이 저항이다. 시인은 "저항하기 위해 살아 있는 것"(「저항」)이라고 말한다. 하지만 그 목소리는 크지 않다.

시가 체제와 문명을 전복해야 한다고 소리 높여 외쳤다

면 충격은 클지언정 여운은 짧았을 것이다. 낮은 목소리가 더 잘 들리고 오래 갈 때가 있다. 「자면서 웃는다」를 다시 읽어보자. 이 시는 여러 인물에 포커스를 맞춘다. "엄마가 버리고 떠난 아이"에서부터 "국경 넘어 도착한 나라에서 거부당한 난민", "고향에서 멀리 떨어진 전장의 병사", "단칸방에서 개와 단둘이 사는 노인" 같은 이들이다. 세계로부터 추방당한, '있지만 없는 존재'를 시에 초대할 때 대다수 시인은 목소리가 격앙된다. 가해자와 피해자를 구분하고, 가해자의 불의를 성토한다. 하지만 류시화의 시는 주류 사회로부터 버림받는 존재를 '엄연한 인격체'로 되살려 낸다. "자면서 웃는다"라니. 저들에게도 삶을 살아내게 하는 잊지 못할 추억이 있고, 기어이 이루고 싶은 꿈이 있는 것이다. "자면서 웃는다"라는 반복되는 문장은 '깨어 있으면서 운다'라는 대칭적 문장을 떠올리게 하기도 하지만, 우리에게 '강한 감수성(감정이입)'을 발휘하라는 시인의 주문처럼 보이기도 한다. '저들의 마음속으로 들어가 보시라'는 시인의 낮은 음성이 들리지 않는가.

「세계가 그대를 고독하게 만들 때」 역시 사람들에게 들려주고 싶은 시 중 하나다. 세상이 우리를 고독 속으로 밀어넣을 때, 우리는 어떻게 대응해야 하는가. 시인은 두 개의 선택지를 제시한다. 하나는 작은 원을 그려놓고 그 안으로 들어가 "고독의 근원"을 밝혀내는 것이고, 다른 하나는 원을 조금씩 넓혀가며 세상을 그 안에 다 집어넣는 것이다. 이를 구심력과 원심력에 견줄 수 있겠다. 우리가 원 안의 존재라면 원의 둘레를 경계로 구심력(수렴)과 원심력(확장)의 조화를 추구하지 않을 수 없다.

　　세상에 대한 절망이 세상만큼 커졌을 때
　　내가 아는 해답들이 다시 의문으로 바뀔 때
　　나는 한 사람을 떠올린다
　　새벽에 일어나 아득히 먼 육등성 별 세는 사람
　　목도리도 없이
　　다른 쇠기러기들 위해 앞장서서 얼굴로
　　찬바람 가르는 쇠기러기 확인하는 사람
　　마음이 힘들 때 토굴 속 은둔 수행자처럼
　　들숨과 날숨 짚어 나가는 사람
　　밤새 태풍 불고 지나간 아침 부서진
　　꼬투리 속 씨앗 안부 묻는 사람
　　ㅡ「한 사람을 위한 시」 부분

　이 시 또한 세상 사람들과 함께 읽고 싶은 '환대의 시' 중 하나다. "세상에 대한 절망이 세상만큼 커졌을 때", "해답들이 다시 의문으로 바뀔 때" 이럴 때 우리는 어떻게 새로운 시간을 맞이하는가. 많은 이가 외부로 향한 문을 닫아걸고, 자기 안으로, 과거로 돌아갈 것이다. 자책과 무기력에 휩싸인 채 주저앉을 것이다. 하지만 시인은 '다른 사

람'을 호명하면서 다시 일어선다. 신새벽에 별을 세는 사람,
철새의 날갯짓을 확인하는 사람, 은둔 수행자처럼 깊은 숨
을 짚어 나가는 사람, 절망의 끝에서 희망의 차례를 기다
리는 사람… 지금 눈앞에 없지만 어딘가에 분명 자신과 다
르지 않은 누군가가 있을 것임을 믿으며 다시 일어선다.

내가 이 세상을 떠나면
시인들이 나를 마중 나올 것이다
그들을 나는 한눈에 알아보리라

네루다는 자신이 송시를 쓴 노란 꽃 들고 반갑게 다가올
것이고
옥타비오 파스는 델리의 공원을 거닐 때 입었던 흰옷에
흰 참파꽃 꽂고 걸어올 것이다
쉼보르스카는 폴란드어로 "비타이(어서 와요)!" 하고 인사
하며
봄부터 여름까지 편애한 파란 붓꽃을 건넬 것이다

휘트먼은 손가락 사이에 풀잎을 끼우고 나타날 것이고
슬퍼서 웃는 예후다 아미하이는 호텔 발코니에서 편지를
쓰다 말고
흰 산딸기꽃 꺾어 올 것이다
　―「이 세상 떠나면」 부분

저승의 입구에서 먼저 세상을 떠난 시인들이 '나'를 환영할 것이라는 시 또한 '환대의 상상력'을 새로운 차원으로 확장시킨다. 네루다에서 옥타비오 파스, 쉼보르스카, 휘트먼, 루미, 김수영, 윤동주, 기형도는 물론 "제목 뒤에 이름 적지 않은 무명 시인들도" 자신을 맞이할 것이라는 기대는 환대하는 자와 환대받는 자의 위치를 분명하게 그려 낸다.

6.

나는 이번 시집에 '기도의 서書'라는 부제목을 붙이고 싶다.「한 사람을 위한 시」에서 시인이 절망의 끝에서 떠올리는 사람은 기도하는 사람이다. "어느 문장에서나/ 기도의 시작이 될 수 있는 단어 밑줄 긋는 사람" 그렇다. 류시화 시의 거의 모든 문장은 기도문의 시작이 될 수 있다.

나는 시를 이어 쓰게 하는 시가 좋은 시라고 말해 왔지만 기도 또한 마찬가지다. 기도를 듣는 이로 하여금 자신의 기도를 하게 만드는 기도가 진정한 기도다. 이때 시와 기도는 '나'를 넘어, '너/당신'을 넘어, 다른 사람, 다른 존재의 안녕과 평화를 염원한다. 그것이 시든 기도든 누군가 '한 사람'을 떠올리는 독자가 좋은 독자다. 그리고 그런 독자는 이미 시인이다.

0.

우리에게는 세 편의 시가 필요하다. 나를 위한 시(자기성찰의 시), 사랑하는 사람에게 들려주고 싶은 시(우애의 시), 그리고 세상과 함께 읽고 싶은 시(환대의 시). 류시화의 이번 시집은(이전 시집도 그러하지만) 이 세 조건을 충족시키는 시들로 가득하다.

이제 이 '덧글'은 접고 독자 여러분께서 세 편의 시를 고르시기 바란다. 기준이 명확하지 않으면 선택하기가 쉽지 않을 것이다. 시집을 펼칠 때마다 다른 시가 눈에 띄기도 할 것인데 전혀 이상한 일이 아니다. 독자 여러분이 그만큼 변화했다는 증거이기 때문이다. 굳이 세 편이 아니어도 좋다. '지금 나를 위한 시' 한 편만 있어도 좋은 삶의 방향을 잡을 수 있다. 그리고 한 편의 시가 진정 '나'를 위한 시라면 그 시 안에는 '세 편의 시'가 녹아들어 있을 것이다.

누가 나에게 '지금 당신을 위한 시는 무엇이냐'고 물으면 나는 바로 답할 것이다. 「당신을 알기 전에는 시 없이도 잘 지냈습니다」라고. '기도의 시작이 될 수 있는 단어는 무엇이냐'고 물으면 이렇게 답할 것이다. "이제 알아야만 해/ 정말로 이 삶을 사랑하는지"라고.

당신도 이 시집에서 당신의 '당신'을 만나시기를, 그리하여 당신 자신을 위한 '세 개의 의자'를 마련하시기를.

이문재(시인)

류시화

『그대가 곁에 있어도 나는 그대가 그립다』

『외눈박이 물고기의 사랑』

『나의 상처는 돌 너의 상처는 꽃』

『꽃샘바람에 흔들린다면 너는 꽃』 (이상 시집)

『지금 알고 있는 걸 그때도 알았더라면』

『사랑하라 한번도 상처받지 않은 것처럼』

『마음챙김의 시』 (이상 잠언시집)

『삶이 나에게 가르쳐 준 것들』

『새는 날아가면서 뒤돌아보지 않는다』

『좋은지 나쁜지 누가 아는가』

『내가 생각한 인생이 아니야』 (이상 산문집)

『한 줄도 너무 길다』

『백만 광년의 고독 속에서 한 줄의 시를 읽다』

『바쇼 하이쿠 선집』 (이상 하이쿠 모음집)

『하늘 호수로 떠난 여행』

『지구별 여행자』 (이상 인도 여행기)

『나는 왜 너가 아니고 나인가』 (인디언 연설문집)

『인생 우화』 (우화집)

『신이 쉼표를 넣은 곳에 마침표를 찍지 말라』 (인도 우화집)

『인생 수업』『술 취한 코끼리 길들이기』

『달라이 라마의 행복론』『마음을 열어주는 101가지 이야기』

『삶으로 다시 떠오르기』 외 다수 (이상 번역서)

당신을 알기 전에는 시 없이도 잘 지냈습니다

2024년 11월 25일 1판 1쇄 발행
2024년 12월 6일 1판 6쇄 발행

지은이_ 류시화

발행인_황은희·장건태
편집_ 최민화·마선영·박세연
마케팅_ 황혜란·안혜인
디자인_ 행복한물고기Happyfish
제작_ 제이오

펴낸곳_수오서재
주소_ 경기도 파주시 돌곶이길 170-2(10883)
등록_ 2018년 10월 4일(제406-2018-000114호)
전화 031-955-9790   팩스 031-946-9796
이메일 info@suobooks.com
www.suobooks.com
ISBN 979-11-93238-49-3   03810
책값은 뒤표지에 있습니다